唐詩の抒情

絶句と律詩

漢文ライブラリー

大上正美
著

朝倉書店

まえがき

漢詩の精華である唐詩を、日本の詩歌やヨーロッパの近代詩、さらには小説を読むのと同じように〈文学〉として読みたいと思います。漢詩というと、愛好するにしろ毛嫌いするにしろ何か特殊なものという意識がはたらいてしまいませんか。確かに外国の、しかも古典詩ですから、特殊なものという制約は抜けきれないでしょう。しかし特殊なものと身構えるのでなく、〈文学〉に普遍的なものをそこに感受して読むようにするなら、かえってその特殊な世界から、わたしたちが日頃生活していく上での思考や感性とその奥底で通じるもの、喜びや驚き、癒しや知恵、時として薬になるだけでなく毒の魔力をともなった体験までも得ることができるに違いありません。古典を読むことが現代を生きるわたしたちと直接繋がっている楽しみなればこそ、時を経て読み継がれてきたのだということを振り返っておきましょう。

ではどのように読むか、それはどのように読んでもいいのでしょう。学校の授業で読むのではないのですから、漢字が並んだ原詩をながめているだけでもいい、日本語の音でまるでお経を唱えるようにつぶやいてみてもいい、学校で先生の後について訓読したことを思い出して朗々と読み上げてもいい、現代語訳に目を通して内容やイメージを身近に想い描くことからはじめてもいいでしょう。解説でその詩の背後にあるものを理解することにより関心が向く人もあるでしょうし、解説を無視して魅力ある詩語や対句の美しさにうっとりとする方もいるでしょう。等々、大事なのはそれぞれが主体的に言葉の時間と空間を体験すること、それが詩を読む自由に他ならないと思います。そのような自由はささやかであるかも知れませんが、内に大事にしまいこむ生きてあることの一つ一つの価値なのです。本書は現代の日本人にもよく読まれてきた唐詩のうち、絶句と律詩という短く完結した小世界を新たにあれこれと味わう豊かな時間にしていただけることを願って編集しました。編集した私も自身の新しい体験として書きました。

大上正美

目次

杜甫ゆかりの秦州八槐村（甘粛省天水市）

現在の黄鶴楼
（湖北省武漢市）

鞏県の杜甫墓遠望（河南省）

李白ゆかりの峨嵋山（四川省）

唐詩の展開と形式

日本で漢詩と呼ばれているものは、中国・漢の時代の詩という狭い範囲でのそれでなく、中国古典詩全般を指しています。日本で作られた中国古典詩もそれに含みます。漢詩は古くからよく読まれてきました。とりわけ唐代（六一八～九〇七）の詩、つまり唐詩を中心に、現代でも愛読者は多く、学校教育でも高等学校の国語古典の重要な教材として必ず学んできています。

中国古典文学のジャンル隆盛の時代的な特色については、清末民国初の王国維《おうこくい》が言った「楚騒・漢賦・六代駢語・唐詩・宋詞・元曲」（『宋元戯曲史』自序）を受けて、日本では「漢文・唐詩・宋詞・元曲」の言葉がよく知られています。中国の詩のはじまりは『詩経』（紀元前六世紀に編集）で、紀元前十二世紀頃の周初の時代から前七世紀ころの春秋の中頃までの、いわゆる歌謡を集めたものです。戦国時代（前六～前三世紀）末には楚の屈原《くつげん》らの「楚辞《そじ》」と呼ばれる新しい歌辞が生まれました。続いて漢代には賦《ふ》という韻文が流行し、また民間歌謡として楽府《がふ》（後には詩として扱われます）がうたわれました。しかし詩が今日のように個人の情感や内面を表現する、いわゆる抒情詩として登場するのは、二世紀末から三世紀初めにかけて三国・魏の時代の基を築いた曹操《そうそう》（一五五～二二〇）によって領導された、いわゆる建安詩からです。「建安の風骨」（梁・鍾嶸《しょうこう》『詩品』序）と評された気骨ある精神をうたいあげた抒情詩は真っ直ぐ唐詩に受け継がれています。李白は「古風」其《そ》の一で「建安《けんあん》自従《よ》り来《こ》のかた、綺麗《きれい》珍《ちん》とするに足《た》らず」と言い、だからこそ「大雅《たいが》（詩経の文学精神）久《ひさ》しく作《おこ》らず、吾《われ》衰《おとろ》うれば竟《つい》に誰《たれ》か陳《の》べん」と自身の詩人としての意気込みを雄々しく宣揚しています。もっとも「綺麗」と退けられた建安詩以後の両晋《しん》南北朝詩（六朝《りくちょう》詩）、特に南朝詩の精神はたしかに脆弱なものでしたが、対句と音律美にこだわる修辞性、これもまた唐詩の近体詩を招来させたものであることは間違いないところでした。

唐詩は普通「初唐・盛唐・中唐・晩唐」の四期に分けられます。「四変」の考え方は前々からありましたが、明《みん》・高棅《こうへい》（一三五〇～一四二三）が『唐詩品彙《とうしひんい》』のなかで盛唐詩を「正宗《せいそう》」とした命名も適切なものだったので、以後に踏襲されていった区分です。本書ではそれぞれの扉にあたるページでごく簡単な解説をつけておきました。

漢詩は形式上、古体詩と近体詩（今体詩）に分けられます。唐代にできた新しい形式の詩を近体詩といい、それ以前からある古い形式の詩を古体詩（古詩）といいます。唐代にあってももちろん古詩は以前と変わらずたくさん作られましたが、本書が取り上げるのは絶句と律詩からなる近体詩です。一句の字数と押韻以外にはさほど制約がない古詩に対して、近体詩にはいろいろな約束事があります。唐代の詩人たちは、句数・字数・構成・対句・押韻《おういん》・平仄《ひょうそく》などの制約を設けることによって、緊密な構成と音律的な美しさを意識的に作り出そうと腐心したのでした。以下に近体詩のきまりを簡単に説明しておきましょう。

絶句は四句からなる詩で、一句が五字でできるものを五言絶句、七字からできるものを七言絶句といいます。まれに六言絶句も作られています。絶句はのちに「起・承・転・結」で構成されるのが望ましいとされるようになっていきます。

律詩は八句からなる詩で、五言律詩、七言律詩があります。その他に十句以上からなるものもあり、排律《はいりつ》と呼ばれます。唐代には科挙の試験に作詩が課せられましたが、句数も多く作詩がより難しい十二句の排律が主として出題されました。律詩は首聯《しゅれん》（第一・二句）、頷聯《がんれん》（第三・四句）、頸聯《けいれん》（第五・六句）、尾聯《びれん》（第七・八句）から構成され、真ん中の頷聯と頸聯とはそれぞれ対句仕立てであることが要求されています。

次に押韻と平仄という音律面について説明します。

漢詩は近体詩に限らず古詩も押韻する（韻をふむ）ことが必ず求められます。古詩は換韻《かんいん》する（一詩の途中で韻を換える）場合も多いのですが、近体詩の場合は必ず一韻で通さねばなりません。原則的には五言絶句の場合、偶数句末に押韻し、七言絶句の場合、第一句末と偶数句末に押韻します。律詩も絶句と同様に、五言律詩では偶数句末に、七言律詩では第一句末と偶数句末に押韻します。なお、絶句も律詩も、五言詩で第一句末にも押韻したり、七言詩で第一句末に押韻しないこともあります。

押韻は日本の漢字音で、ほぼ検討をつけることができます。なお、漢詩の詩韻として元《げん》の時代のはじめに一〇六の韻に分けて整理された、いわゆる「平水韻《へいすいいん》」が現在広く用いられています。もっとも唐詩にあっては「平水韻」よりも細かな分類がなされた詩韻が使われており、厳密には宋代に編集された『広韻《こういん》』の二〇六韻に準拠しなければなりませんが、二〇六韻は細かすぎる分け方なので、「通押《つうおう》」（同音の文字では間に合わないとき、近似した韻字を用いること）が多くなるため、ふつうは「平水韻」で理解することができます。左に平水韻の一覧表をあげておきます。

平水韻韻目表

	上平声	下平声	上声	去声	入声
1	東	先	董	送	屋
2	冬	蕭	腫	宋	沃
3	江	肴	講	絳	覚
4	支	豪	紙	寘	質
5	微	歌	尾	未	物
6	魚	麻	語	御	月
7	虞	陽	麌	遇	曷
8	斉	庚	薺	霽	黠
9	佳	青	蟹	泰	屑
10	灰	蒸	賄	卦	薬
11	真	尤	軫	隊	陌
12	文	侵	吻	震	錫
13	元	覃	阮	問	職
14	寒	塩	旱	願	緝
15	刪	咸	潸	翰	合
16			銑	諫	葉
17			篠	霰	洽
18			巧	嘯	
19			皓	效	
20			哿	号	
21			馬	箇	
22			養	禡	
23			梗	漾	
24			迥	敬	
25			有	径	
26			寝	宥	
27			感	沁	
28			琰	勘	
29			豏	豔	
30				陥	

たとえば本書四六ページの孟浩然「春暁」の場合、押韻は偶数句末の「鳥（テウ）」「少（セウ）」と第一句末「暁（ケウ・ゲウ）」で、平水韻韻目表の上声《じょうしょう》《じょうせい》の十七番目にある「篠（セウ）」に属する字を用いていますので、本書では「上声十七の「篠」韻」と記しておきました。

中国語の音には四声《しせい》という独特のトーンがあります。一種のアクセントのようなもので、古くは平声《ひょうしょう》《へいせい》（現代音の一声と二声に相当します。平声に属する字が多いため、韻目表では便宜的に上平声と下平声とに分けられています）、上声（現代音の三声に相当）、去声《きょしょう》《きょせい》（現代音の四声に相当）、入声《にっしょう》（現代音ではなくなって他に混入していますが、日本語の漢字音の末尾に、ク・キ・ツ・フの形でその痕跡を留めています）の四声があり、四声に意識的になった六朝末から盛んに詩への応用が試み出されました。詩は宋代になって印刷術が発達するまでは目で楽しむこと以上にまずは耳に入って快いものが主体だったのですから、音声美に執拗になるのも詩人として当然の姿でした。その四声を、平声《へいせい》（「ひょうしょう」とも読む。平らかな調子）の字と、上声・去声・入声を合わせた仄声《そくせい》（「そくしょう」ともよむ。屈折のある調子）」と大別したものが「平仄」と呼ばれるものです。近体詩では、「平仄」という際だった漢字音の差異を積極的に活用し、それを巧みに配列して音律美を求めたのです。

本書八六ページで取り上げた杜甫の「登兗州城楼」（兗州《えんしゅう》の城楼《じょうろう》に登《のぼ》る）の五言律詩で基本的な点を見ておきましょう。

東郡趨庭日　東郡《とうぐん》 庭《にわ》に趨《は》するの日《ひ》
南楼縦目初　南楼《なんろう》 目《め》を縦《ほしい》ままにする初《はじ》め
浮雲連海岱　浮雲《ふうん》 海岱《かいだい》に連《つら》なり
平野入青徐　平野《へいや》 青徐《せいじょ》に入《い》る
孤嶂秦碑在　孤嶂《こしょう》には 秦碑《しんぴ》 在《あ》り
荒城魯殿余　荒城《こうじょう》には 魯殿《ろでん》 余《あま》す
従来多古意　従来《じゅうらい》 古意《こい》 多《おお》し
臨眺独躊躇　臨眺《りんちょう》して 独《ひと》り躊躇《ちゅうちょ》す

第一句の二字目「郡」が仄字（●）なので、四字目が対照的に平字（○）の「庭」が置かれています。これを「二四不同《にしふどう》」と呼んでいます。次に、第二句の二字目が第一句の二字目と対照になるように「楼」の平字（○）が置かれ、四字目は二四不同で、「目」の仄字（●）になっています。

　以下、第一句第二句の二字目・四字目と対照に、第三句の二字目「雲」は平字、四字目「海」は仄字に、第四句の二字目「野」は仄字、四字目「青」は平字が置かれています。

　さらに第一句から第四句の二字目・四字目と、第五句から第八句の二字目・四字目とがそれぞれ対照になっています。○（韻字は◎）と●で記すと左のようです。

—●—○—●
—○—●—◎
—○—●—●
—●—○—◎
—●—○—●
—○—●—◎
—○—●—●
—●—○—◎

したがって、第一句の二字目が仄字（●）ではじまっていると、あとはすべて定まってきます。このように第一句の二字目が仄字（●）ではじまっている詩を仄起式《そくおこりしき》と呼んでいます。反対に第一句の二字目が平字（○）ではじまっている詩は平起式《ひょうおこりしき》となります。

　なお、押韻は「初」「徐」「余」「躇」が韻をふみ、上平声の六番目の「魚」の韻に属する韻字ですので、本書では「上平六の「魚」韻」と記しています。また、韻字が平声の場合（右図では念のために◎と記しています）、律詩（絶句も）にあっては韻をふまない奇数句の末尾は反対の仄字を使用しなければなりません。

　さらに律詩にあって重要なのは中の二聯が必ず対句仕立てにしなければならないことです。「登兗州城楼」詩の場合、

「浮雲連海岱」と「平野入青徐」、「孤嶂秦碑在」と「荒城魯殿余」とがそれぞれ対句になっています。律詩にあってはこの対句の妙が問われるのです。対句は①意味の対応、②文法的（句の中での品詞のはたらき）の対応、それに③平仄の対応が条件です。

次に七言の場合は、第一句二字目が仄字の時には二四不同で四字目は平字、さらに六字目は対照的に仄字（二字目と六字目は同じ平仄の字を配するので「二六対《にろくつい》」と言います）となり、—●—○—●◎です。第一句二字目が平字の場合は—○—●—○◎です。あとは上にのべた五言律詩と同じやり方になります。

ところで、同じく三十歳になる前に制作された「望岳」という詩は、五岳の長、泰山《たいざん》を遠望して世界に羽ばたかんとする青春の気概をうたったものですが、以下のように五言で八句からなります。しかし『杜工部集』では巻一の古詩に収録されているように、平仄がそろっていないので、律詩とは言えず、古詩なのです。

「望岳」　岳《がく》を望《のぞ》む　杜甫《とほ》

岱宗○夫如○何○　岱宗《たいそう》 夫《そ》れ 如何《いかん》
斉魯●青未●了◉　斉魯《せいろ》 青《せい》 未《いま》だ了《おわ》らず
造化●鍾神○秀○　造化《ぞうか》 神秀《しんしゅう》を鍾《あつ》め
陰陽○割昏○暁◉　陰陽《いんよう》は昏暁《こんぎょう》を割《さ》く
盪胸○生曾○雲○　胸《むね》を盪《とどろ》かして 曾雲《そううん》 生《しょう》じ
決眥●入帰○鳥◉　眥《まなじり》を決《けっ》して 帰鳥《きちょう》 入《い》る
会当○凌絶●頂●　会《かなら》ず当《まさ》に 絶頂《ぜっちょう》を凌《しの》ぎ
一覧●衆山○小◉　一《ひと》たび衆山《しゅうざん》の小《しょう》なるを覧《み》るべし

〔語釈〕　○岱宗　泰山をいう。「岱」は泰と同じ。「宗」は中国五山の長。○夫　強調の助字。○斉魯　泰山の北が昔の斉のくに、南が魯のくに。○青未了　山裾の青さが続いている。○造化　天地自然の作り主。造物主。○神秀　神秘なまでの霊気の素晴らしさ。○陰陽　万物自然を構成運行させる二大作用。○盪胸　胸を大きく揺るがせる。○曾雲　層雲。○決眥　まぶたも裂けんばかりに見入る。○会当　いつの日か必ず…しなければならない。…してやるぞ。○衆山小　『孟子』尽心上篇に、孔子が泰山に登って天下を小さいものとしたとあるのを踏まえる。

［詩体・押韻］五言古詩。「了」「暁」「鳥」「小」が韻をふむ（上声十七の「篠」韻）。

（泰山はそれいかなる山であるか。斉のくに、魯のくにまで、その青さは広がりのびて、尽きることがない。造化の主が神霊の気をここにあつめ、陰の気と陽の気が昼と夜をここで分割しているのだ。重なった雲が沸き立つさまは私の胸をとどろかせ、ねぐらに吸い込まれるように帰っていく鳥たちを私はまなじりも裂けんばかりに目を凝らして見ていた。いつか必ずあの山の絶頂を登り極め、そこから下の山々の小ささを眺めおろすつもりだ。）

もしもこの詩が律詩の作りなら、一句目の二字目「宗」が平字（○）ですから、平起式になりますので、以下のような作りにならなくてはいけません。

—○—●○
—●—○◉
—●—○○
—○—●◉
—○—●○
—●—○◉
—●—○○
—○—●◉

また、「了」「暁」「鳥」「小」が韻をふみ（上声一七の「篠」韻）、仄字です（◉で記しています）から、押韻しない七句目の末字は平字が来るはずですが、仄字の「頂」が来ています。ですから、「望岳」の詩は「登兗州城楼」詩と異なり、律詩でなく古詩として作られています。ただし古詩であっても律詩のように構えたところがあったに違いありません。なぜなら、古詩でも中の二聯がきわめて厳整な対句からできていて、泰山の神秘的でさえある神々しさと、それに胸高まらせてじっと見入るさまとが見事に表現されています。ですから三十歳以前に作られた多くの詩が杜甫自身によって削除されましたが、この詩を残したのも自信作だったからでしょう。

最後に出典について述べておきます。中国で詩集として、「総集」（すべての詩を網羅したもの）、「選集」（アンソロジー）、「別集」（個人の全集。日本で言う「家集《かしゅう》」）がありますが、本書では唐詩の選集としてよく読まれてきた次のものから主として選びました。

○『唐詩選』　明《みん》の李攀龍《りはんりょう》（一五一四～一五七〇）の編と題されていますが、当時の書店が、彼の編集した『古今詩刪《ここんしさん》』の中から唐詩部分を抄録して出版したものです。百二十八詩人、四百六十五首を収録。七巻。盛唐詩を中心に編集し、日本では唐詩の代表的な選集として江戸時代以降さかんに読まれてきています。

○『唐詩三百首』　清《しん》の蘅塘退士《こうとうたいし》（姓は孫、名は洙《しゅ》）の編。乾隆二十八年（一七六三）の成立。六巻。五言古詩・七言古詩・五言律詩・七言律詩・五言絶句・七言絶句の詩体別に編集されています。七十七詩人（うち無名氏二人）、三百二十首を収録。盛唐に偏らない選集で、唐詩を学ぶものの基本的な選集として中国ではよく読まれています。

○『三体詩《さんたいし》』（「さんていし」とも）南宋の周弼《しゅうひつ》（生没年未詳）の編。淳祐十年（一二五〇）頃の成立。百六十七詩人、四百九十四首を収録。六巻。七言絶句・七言律詩・五言律詩の三体の詩を選び、中唐・晩唐の詩を多く収めています。

なお本書の収録詩はそのほか、選集には収録されていませんが、詩人の代表作として欠かせぬ詩として総集と別集からも選びました。

○『全唐詩』　清・康熙《こうき》四十五年（一七〇六）、康熙帝の勅命によって編集された唐詩の総集。九百巻。二千二百四詩人、四万八千九百余首を収録しています。

○『李太白文集』 李白の別集。北宋の元豊三年（一〇八〇）に晏処善《あんしょぜん》がそれまでの諸本を総合して刊行したものを伝える刊本が、東京の静嘉堂文庫にあります。三十巻。
○『杜工部集』 杜甫の別集。北宋の王洙《おうしゅ》が校訂したものを、嘉祐四年（一〇五八）王琪《おうき》が刊行したものがあります。二十巻。
○『白氏文集』 白居易の別集。日本では単に「文集」ともいわれました。従来は「はくしもんじゅう」と読まれてきましたが、最近、より古くは「はくしぶんしゅう」と読まれていたことが、太田次男、神鷹徳治両氏によって定説となりました。一に『白香山集《はくこうざんしゅう》』とも呼ばれ、もとは七十五巻、現在は七十一巻を残しています。長慶四年（八二四）元稹《げんじん》が編集した『白氏長慶集』に、のちに白居易が自選したものを『続集』としました。
また上記のほかに、『王無功《おうむこう》文集』（王績の文集。従来は三巻本が通行していましたが、最近出た五巻本にはより多くの詩が収録されています）、『王子安集』（王勃の文集。十六巻）、『韓昌黎《かんしょうれい》先生集』（韓愈の文集。四十巻）、『李長吉歌詩』（李賀の詩集。四巻）、及び参考として『楽府詩集《がふししゅう》』（北宋・郭茂倩《かくもせん》の編になる楽府の総集）も出典としました。

（本書巻末の「唐代・唐詩人年表」は、東京書籍発行・一九八一年版『唐詩抄』の表を参考にさせていただきました。また掲載した写真は坂口三樹氏・加藤章氏にも提供いただき、校正に際しては仁科和子さんの助力を得ました。あわせて感謝します。）

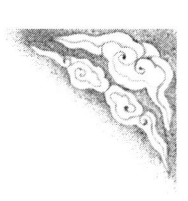

初唐

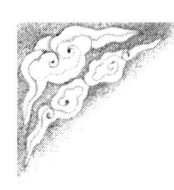

初唐とは、唐の開国（六一八年）から、睿宗《えいそう》の景雲元年（七一〇）ころまでの約九十余年を指して言います。建国間もないこの時期は、漢と同様約三百年続くことになる唐の文化的大帝国の基が築かれた建設期といっていいでしょう。しかしその前半の数十年ほどの詩文はなお前代の継承で、宮廷を主とした場で、南朝の華美の詩風を競い合っていました。その中で王績《おうせき》は在野の異色詩人でした。

七世紀後半になって、初唐の四傑（王勃《おうぼつ》・楊炯《ようけい》・盧照鄰《ろしょうりん》・駱賓王《らくひんのう》）が宮廷から疎外された境遇の中で、個性的な詩を書きました。宮廷内では、宋之問《そうしもん》や沈佺期《しんせんき》などが詩の形式に意をはらい、律詩の形成に力を注ぎました。また、それらとは別に陳子昂《ちんすごう》は、南朝の弱々しい精神を打破し、漢魏の気骨に富んだ精神を重んじました。

これら新しい形式美の近体詩と、同時に気骨あふれる精神が盛唐の詩へと展開していきます。

王勃ゆかりの滕王閣
（江西省南昌市）

「独酌」　独《ひと》り酌《く》む

王績《おうせき》

在生知幾日
無状逐空名
不如多醸酒
時向竹林傾

在生《ざいせい》　知《し》んぬ　幾日《いくにち》ぞ
無状《むじょう》にして　空名《くうめい》を逐《お》う
如《し》かず　多《おお》く酒《さけ》を醸《かも》して
時《とき》に竹林《ちくりん》に向《お》いて傾《かたむ》くるに

〔語釈〕　○在生　生きていること。○知幾日　「知」は、後ろに疑問詞が来る場合は「不知」と同義。○無状　これといった功績がないこと。○不如　…には及ばない。○向「於」と同じ。○竹林　三国魏末、政治権力から身を遠ざけて竹林で清談と飲酒を楽しんだと伝えられる「竹林の七賢たち」を想起している。

〔大　意〕　短い人生、空しい名声を求めることは愚かしい、竹林の七賢のように酒杯を傾ける楽しさこそが我が生き甲斐だ、とうたう。

〔現代語訳〕
どれほどの日数を生きられるか分からないのに、
功績なく空しい名ばかりを追い求めるなんて！
多くの酒を醸して、
いつも竹林で酒杯を傾けているが一番なのだ。

【詩体・押韻】
五言絶句。「名」「傾」が韻をふむ（下平八の「庚」韻）。

【出典】五巻本『王無功文集』第二巻。

【作者】
王績（五八五～六四四）、字は無功《むこう》。「文中子」の著書で知られる思想家王通《おうとう》の弟。絳州《こうしゅう》龍門（山西省）の人。隋末の孝廉科に及第したが、時代の交代期の混乱に帰郷した。その後も出仕と辞任を繰り返したが、おおむねは郷里に隠棲した。酒を好み、陶淵明の「五柳先生伝」に模して「五斗先生伝」を書き、東皐《とうこう》（東の丘）に遊び、東皐子《とうこうし》と名乗った。

【鑑賞】
作者王績は、隋末唐初の政治社会混乱期に、東晋宋初の陶淵明に倣って郷里に隠棲した詩人です。酒を好み、易や荘子を愛読する日々、時にはキビを植えては酒造りやカモなどを飼ったりして、自適な生活をおくりました。

その酒好きは並みでなく、唐に入ってからは毎日三升のうま酒が支給されるからと言って、門下省の待詔（内閣の雑用を仕事とする）になったりしました。また、酒造りで名高かった焦革《しょうかく》が勤務していた役所に求めて仕官したのでしたが、彼が亡くなると、うまい酒を飲ませてくれるものがいなくなったと言って辞任した、という奔放なエピソードに事欠きません。「独酌」の詩にはそのような彼の酒至上主義が語られています。同じく酒好きであった陶淵明にはしかし飲んべえの印象はありません。王績の場合はむしろ、この詩に描かれた竹林の七賢の飲んべえであった阮籍《げんせき》、劉伶《りゅうれい》、阮咸《げんかん》の方に近い酒飲みであったと思われます。

酒をいろいろとうたっていますが、二詩をあげておきましょう。

「過酒家」　酒家を過《よ》ぎる（酒家にはいる）
此日長昏飲　此の日 長く昏飲す
非関養性霊　性霊を養うに関するに非《あら》ず
眼看人尽酔　眼もて看る 人の尽《ことごと》く酔うを
何忍独為醒　何ぞ忍びん 独り醒《さ》むるを為《な》すに

一日中今日、目がくらむほど飲んでいるのは酒が性を養うによいという教えとは関係がありません（むしろ体に悪いかも知れませんね、呵々大笑）。他人が皆々楽しそうに飲んでは酔うているのを、こ

の目で見ながら、
どうしても自分だけが一人醒めているのは忍びないからですよ。

五首連作の一首（「酒店の楼壁に題す 絶句八首」其《そ》の六とするテキストがある）ですが、洒脱なもの言いです。また、次の詩のように、占卜（うらない）で生活の資を得ていたときもある彼の一面にも、飲んだくれの彼の面目躍如です。

「戯題卜舗壁」　戯れに卜舗《ぼくほ》の壁に題す
且逐劉伶去　且《しば》らくは劉伶《りゅうれい》を逐《お》いて去《ゆ》く
宵随畢卓眠　宵には畢卓《ひったく》に随って眠る
不応長売卜　長《つね》には売卜《ばいぼく》するに応ぜず
須得杖頭銭　須《すべか》らく杖頭銭《じょうとうせん》を得《う》るべきのみなれば

朝から西晋の劉伶さんを追いかけるように出かけております。
夜は夜で、あの飲んだくれの東晋の畢卓さんに随ってどこかで眠りこんでいます。
こういう次第ですので、占いの店をいつも開けているというわけにはゆきかねます。
わたくしの売卜業は西晋の阮修さんが百銭を杖頭に掲げて酒屋に出かけたように、酒代を稼げればそれで十分なのですから。悪しからずご了承ください。

また王績は、陶淵明の「五柳先生伝」をまねして、「五斗《ごと》先生伝」という散文を書きました。

五斗先生なる者有り。酒の徳を以て人間《じんかん》に遊ぶ。（中略）酔うては則ち地を択《えら》ばずして斯《そこ》に寝《い》ね、醒むれば則ち復《ま》た起ちて飲む。嘗《かつ》て一飲に五斗、因《よ》りて以て号と為す。（後略）

「野　望」

野《の》の望《なが》め

王績《おうせき》

東皐薄暮望
徙倚欲何依
樹樹皆秋色
山山唯落暉
牧人駆犢返
猟馬帯禽帰
相顧無相識
長歌懐采薇

東皐《とうこう》 薄暮《はくぼ》の望《なが》め
徙倚《しい》して 何《いず》くに依《よ》らんと欲《ほっ》す
樹樹《じゅじゅ》 皆《みな》 秋色《しゅうしょく》
山山《さんさん》 唯《た》だ 落暉《らくき》
牧人《ぼくじん》 犢《こうし》を駆《か》りて返《かえ》り
猟馬《りょうば》 禽《とり》を帯《お》びて帰《かえ》る
相顧《あいかえり》みるに 相識《そうしき》 無《な》く
長歌《ちょうか》して 采薇《さいび》を懐《おも》う

［語釈］ ○野望　山野の望め。「望」は、「春望」の望と同じく、名詞である。○東皐　「皐」は、湿地帯のそばの小高くなっている丘。陶淵明の「帰去来の辞」に「東皐に登りて舒《のび》やかに嘯《しょう》す（口笛を吹く）」の句がある。○薄暮　夕暮れ迫るころ。○徙倚　「徘徊」に同じ。○樹樹皆秋色　木々が赤く黄色く色づいていることをいう。○落暉　夕陽の光。○猟馬　狩りをしてきた馬。○帯禽　射止めた猛禽を鞍にくくりつける。○相識　知り合い。○長歌　声を引き延ばしてうたう。○采薇　伯夷《はくい》と叔斉《しゅくせい》の故事をいう。またそのとき彼らがうたった歌をいう。「薇」は、ワラビではなく、ゼンマイの類をいう。

［大　意］ 秋の日の暮れ方、隠棲している山野の景色を眺めやってうたうもの。

［現代語訳］
東の丘に登って、今しも暮れようとする山野の眺めだ。わたしはあてもなく歩きまわってはいったいどこにこの身を寄せようとしているのだろうか。
見渡す限り、木々はどこまでも秋の色にそまり、山々はただもう夕陽の暮れないに沈んでいる。

牛飼いの男が子牛の群を駆り立てながら、牧場へと帰っていくのが見える。猟りに出かけていた馬は鞍に獲物の猛禽をつけて、帰っていくのが見える。

いくら辺りを見回しても知っている人の姿は見えない。わたしは声を長くして歌っては、殷末周初の時代に首陽山で周の禄を食《は》まないで薇《び》を常食としてついには餓死した、かの伯夷と叔斉の志の高さを想ってみるのだった。

［詩体・押韻］

五言律詩。「依」「暉」「帰」「薇」が韻をふむ（上平五の「微」韻）。

［出典］『唐詩選』巻三。五巻本『王無功文集』第二巻。

［作者］

王績（五八五〜六四四）。

［鑑賞］

酒の詩人王績はしかし酒ばかりをうたっていたわけではありません。この詩のように、困難な時代から身を遠ざけながら、孤独に耐える心情をうたった詩も残しています。ただその憂愁も、小高い丘から周りを見通した景に託されていて、際だつ深刻さを抑えた詩になっています。特に律詩で要求される真ん中の二聯の対句が、秋の日の夕暮れ時の雰囲気をよく伝えています。第三・四句の対句による美しい情景に加え、第五・六句の対句は当時には珍しい民の暮らしの情景を描いていて、さりげない中に王績という隠逸者の姿が彷彿とされます。

なお、『史記』列伝第一の伯夷と叔斉の伝記には、父文王の埋葬も終わらないうちに殷の暴君紂王《ちゅうおう》を討とうとする周の武王をいさめた、かれらのいわゆる「采薇《さいび》の歌」が記載されています。

登彼西山兮　彼《か》の西山に登りて
采其薇矣　其《そ》の薇《び》を采《と》らんぞ
以暴易暴　暴《ぼう》を以て暴に易《か》え
不知其非　其の非《ひ》を知らず
神農虞夏忽焉没兮　神農・虞・夏（伝説上の理想的な天子の世）は忽焉《こつえん》として没しぬ
吾安適帰矣　吾 安《いず》くにか適帰《てっき》せん
吁嗟徂兮　吁嗟《ああ》 徂《ゆ》かん
命之衰矣　命《めい》の衰えたるかな

「仲春郊外」

仲春《ちゅうしゅん》の郊外《こうがい》

王《おう》勃《ぼつ》

東園垂柳径
西偃落花津
物色連三月
風光絶四隣
鳥飛村覚曙
魚戯水知春
初晴山院裏
何処染囂塵

東園《とうえん》 垂柳《すいりゅう》の径《こみち》
西偃《せいえん》 落花《らっか》の津《しん》
物色《ぶっしょく》 三月《さんがつ》に連《つら》なり
風光《ふうこう》 四隣《しりん》に絶《ぜっ》す
鳥《とり》飛《と》びて 村《むら》は曙《あけぼの》を覚《おぼ》え
魚《うお》戯《たわむ》れて 水《みず》は春《はる》を知《し》る
初晴《しょせい》 山院《さんいん》の裏《うち》
何《いず》れの処《ところ》か 囂塵《ごうじん》に染《そ》む

［語釈］ ○仲春　陰暦二月。一月を孟春、三月を季春という。○垂柳　細い枝を茂らせた柳。○西偃　西にある堰《せき》。偃は、堰に同じ。川の水をせき止め、そこから他の場所に水を引く。○津　渡し場。○物色　季節によって変わる自然物の色や姿。美しい自然。○連三月　三月まで続く。○風光　風と光。風景。○絶四隣　近隣とかけはなれてすばらしい。○初晴　晴れ上がったばかりの、大気が澄み切っている状態を捉えた語。「初」は、…したばかり。○山院　山荘の庭。○裏　中。○囂塵　世間の騒がしさやほこりっぽさ。俗塵。

［大　意］ 春たけなわの郊外の風景の、その清新な美しさをうたったもの。

［現代語訳］

東の庭園には、糸を垂らした柳の小道が続く。西の堰には、風に舞い散る花の渡し場がある。美しい自然の姿は、やよい三月まで続くだろう。この風と光は、近隣の見なれた景とはまったくかけ離れたすばらしさだ。

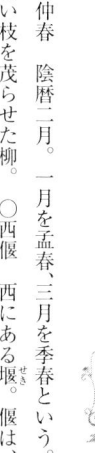

鳥が飛んで、村は夜明けだと気づき、魚が泳ぎ回って、水も春だと分かる。
晴れ上がったばかりの、澄み切った山荘の庭だ。世間の騒がしさや塵に染められた所などどこにもない。

【詩体・押韻】
五言律詩。「津」「隣」「春」「塵」が韻をふむ（上平十一の「真」韻）。

【出典】『王子安集』巻三。

【作者】
王勃（六五〇〜六七六）、字は子安《しあん》。龍門（山西省）の人、あるいは太原（山西省）の人ともいい、王績の兄の孫に当たる。早熟の才があり、早くから王府に召されたりしていたが、二十歳を過ぎたころから数年、蜀（四川省）を放浪した。父親が交趾《こうし》（ベトナム北部）の令（知事）に左遷されたので、そこへ訪ねていく途中、海中に溺れ死んだといわれている。才を頼んで尊大だったため、多方面から憎まれた短い生涯だった。楊炯《ようけい》・盧照鄰《ろしょうりん》・駱賓王《らくひんのう》とともに初唐の四傑《しけつ》と呼ばれ、六朝《りくちょう》末以来の華美な詩風を継承する宮廷詩とは違い、個性的な骨のある詩が評価されている。代表作として「滕王閣《とうおうかく》の序」とその詩がある。

【鑑賞】
すっきりと晴れ上がった庭園に立つ青春詩人の、新鮮な感覚で捉えられた春の風景が清々しい詩です。律詩の生命は、詩の構成がしっかりとしていることにあります。この詩でも第一句と第二句の大きな情景をとらえた対句に続き、約束事である第三句と第四句、および第五句と第六句のそれぞれの対句が明るく印象的です。この詩は自然の美しさを一幅の絵のように描いていて、そこからは春の息吹と作者の理想とする生き方とが伝わってきます。とりわけ、第五句と第六句の対句は大きな景と繊細な動きとの妙が見事です。唐という新しい時代の活き活きとした鼓動をよく伝えています。

「送杜少府之任蜀州」 杜《と》少府《しょうふ》の任《にん》に蜀州《しょくしゅう》に之《ゆ》くを送《おく》る

王勃《おうぼつ》

城闕輔三秦
風煙望五津
与君離別意
同是宦遊人
海内在知己
天涯若比隣
無為在岐路
児女共霑巾

城闕《じょうけつ》 三秦《さんしん》に輔《ほ》たり
風煙《ふうえん》 五津《ごしん》を望《のぞ》む
君《きみ》と離別《りべつ》の意《い》
同《とも》に是《こ》れ 宦遊《かんゆう》の人《ひと》
海内《かいだい》 知己《ちき》を存《そん》せば
天涯《てんがい》も 比隣《ひりん》の若《ごと》し
為《な》す無《な》かれ 岐路《きろ》に在《あ》りて
児女《じじょ》と共《とも》に巾《きん》を霑《うるお》すを

［語釈］ ○杜少府 「杜」は姓、「少府」は官名。 ○蜀州 今の四川省一帯。 ○城闕 長安城を指す。「闕」は、宮殿の門。 ○輔三秦 三秦の地に守られ輔けられている。楚の項羽は、秦を滅ぼしたとき、秦の領地を三地域に分け、秦の降将三名を封じ、三秦と呼んだ。 ○風煙 風やもや。「煙」は、けむりではなく、もやの意で、水蒸気をいう。 ○五津 蜀にある五つの船着き場。 ○宦遊 官吏として旅にあること。 ○海内 世界中。 ○知己 自分を本当に理解してくれる人。 ○天涯 大空のはて。 ○比隣 身近な隣人。 ○岐路 分かれ道。 ○霑巾 あふれる涙でハンカチをぐっしょりぬらす。

［大 意］ 友人の杜少府が任地の蜀州へ旅立つのを、熱い友情をもって力強く激励したもの。

［現代語訳］
ここ長安城は、三秦の地によって守り支えられている。風ともやの広がりの中に、君の旅立つ彼方、蜀の国の五つの渡し場の方角を望みみる。
君と別れねばならないぼくの胸はいっぱいの思いだ。思えば君もぼくも、役人として異郷にある境遇なのだ。

しかし、この世界中に本当に自分を知ってくれる者がいるかぎり、たとえ大空のはてに離ればなれであろうとも、すぐ隣にいてくれるような気がするではないか。
やめよう、別れに臨んで、女・子どものように、互いにハンカチを涙でぬらしたりする感傷は。

［詩体・押韻］

五言律詩。「秦」「津」「人」「隣」「巾」が韻をふむ（上平十一の「真」韻）。

［出典］『唐詩選』巻三。『唐詩三百首』巻四（題字に「送」の字無し）。

［作者］

王勃（六五〇〜六七六）。

［鑑賞］

ふつう送別の詩は別れの感傷を痛切にうたう詩が多いのですが、この詩では送別の感傷がふりきられた地点でうたわれています。結びの強い口調を可能にしたのは、第五、六句の励ましのことばです。この両句は『論語』顔淵《がんえん》篇の「君子は敬して失《しつ》無く、人と恭しくして礼有らば、四海の内は皆 兄弟《けいてい》たり。」に基づき、直接的には三国魏の詩人曹植《そうしょく》の「白馬王彪《ひょう》に贈る」詩の

丈夫志四海　丈夫《じょうふ》 四海に志《こころざ》さば
万里猶比隣　万里 猶《な》ほ比隣《ひりん》のごとし

をふまえています。

そして、この詩の潔さ、力強さの背後に、王勃自身の境遇を考えてみなければなりません。つまり、「同に是れ宦遊の人」という認識を成り立たせているものについてです。友との別れの種々の思いをぐっとかみしめ、はるかに遠く蜀という好ましくない任地に赴く君だけでなく、見送る自分もまた不満の男なのだ、という共感の仕方なのです。友人への力強い励ましが、実は自身への励ましでもあった、ということは十分に想像できるでしょう。初唐の詩人王勃は、その短い二十七年の生涯、概して細行を守らぬ憤懣やる方ない青春時代を送っていたようです。したがってこの詩の潔さは、つらさを友人と共有し、決して泣き言はいわぬと覚悟した若者の潔さなのです。感傷をふりきった地点で、大仰なことばを吐く必死の姿勢に、青春特有の感傷が見えてくるかもしれません。

「易水送別」

易水《えきすい》の送別《そうべつ》

駱賓王《らくひんのう》

此地別燕丹
壮士髪衝冠
昔時人已没
今日水猶寒

此《こ》の地《ち》　燕丹《えんたん》に別《わか》る
壮士《そうし》　髪《はつ》　冠《かんむり》を衝《つ》く
昔時《せきじ》　人《ひと》　已《すで》に没《ぼっ》し
今日《こんにち》　水《みず》　猶《な》お寒《さむ》し

［語釈］　○易水　河北省を流れる河。○此地　この易水の地で。○燕丹　戦国時代末期の燕の国の太子《たいし》丹。若い頃強国の秦で人質となっていたときの屈辱を晴らそうとして、秦王（のちの始皇帝）暗殺を荊軻《けいか》に依頼した。○壮士　意気の盛んな人。荊軻の歌に奮い立った、見送りに集まった人たちをさす。○衝冠　冠を突き上げる。○猶　昔と変わらず。その状態が持続していることを示す語。

［大　意］　荊軻の故事に感じて、易水での送別をうたったもの。

［現代語訳］
この易水のほとりで、刺客《しかく》の荊軻が燕の太子丹に別れを告げたとき、
意気に燃える男たちの髪はさかだち冠を突き上げた。
（しかし）それら昔の人たちはすでに没し去り、
易水の流れだけは、今もなお変わらずに冷たい。

【詩体・押韻】

五言絶句。「冠」「寒」が韻をふむ（上平十四の「寒」韻）。

【出典】『唐詩選』巻六。

【作者】

駱賓王（六四〇?～六八四）。義烏《ぎう》（浙江省《せっこう》）の人。字は不詳。少年時代から詩才はあるが、素行がおさまらなかった。長安の主簿（書記係）などを歴任し、高宗の末年、則天武后《そくてんぶこう》に上書したが受け入れられず、逆に不評を買って、臨海（浙江省）の丞（次官）に左遷され、不平の末、辞任した。徐敬業《じょけいぎょう》が則天武后打倒の軍を起こしたのに参加し、檄文《げきぶん》を書き、批判された当の武后さえ感心するほどの出来映えであった。徐敬業が敗れると、逃れてその行方が知れなかったと伝えられる。

【鑑賞】

この詩はいわゆる詠史詩（史実をうたいこんだ詩）で、『史記』刺客列伝に載せられている、荊軻がうたったとされる「風蕭蕭《しょうしょう》として易水《えきすい》寒し、壮士一《ひと》たび去りて復《ま》た還《かえ》らず」や、その場にいた男たちが「士《し》皆《みな》目を瞋《いか》らし、髪《はっ》尽く上《あが》って冠を指《さ》す」情景をそのままふまえています。

作者の共感の根っこには、おそらく彼の実体験が託されているに違いありません。彼自身も寒冷のある日、川のほとりで人を送別するとき、秦の始皇帝に差し向けられたあの刺客（テロリスト）荊軻の易水の悲愴な旅立ちを重ね合わせて、自己の心意気と厳しい状況を表明したのでしょう。作者もまた徐敬業の反乱に参画した行動的詩人であったのです。

この詩は五言絶句の詩型の特徴が存分に活かされています。わずか二十字に易水の昔と今とを巧みに対比させ、「今日　水　猶お寒し」と言外に尽きせぬ余情を落としていく言い方に、荊軻の時空と駱賓王の事実とが相乗されて、読み手に壮士の志と悲劇とをよく伝えています。

「題大庾嶺北駅」

大庾嶺《だいゆれい》の北駅《ほくえき》に題《だい》す

宋《そう》之問《しもん》

陽月南飛雁
伝聞至此回
我行殊未已
何日復帰来
江静潮初落
林昏瘴不開
明朝望郷処
応見隴頭梅

陽月《ようげつ》 南飛《なんび》の雁《かり》
伝《つた》え聞《き》く 此《ここ》に至《いた》りて回《めぐ》ると
我《わ》が行《こう》 殊《こと》に未《いま》だ已《や》まず
何《いず》れの日《ひ》か 復《ま》た帰《かえ》り来《き》たらん
江《こう》は静《しず》かにして 潮《うしお》 初《はじ》めて落《お》ち
林《はやし》は昏《くら》くして 瘴《しょう》 開《ひら》かず
明朝《みょうちょう》 郷《きょう》を望《のぞ》む処《ところ》
応《まさ》に隴頭《ろうとう》の梅《うめ》を見《み》るべし

［語釈］ ○題 その場所での感慨を書き付ける。宿場の壁に実際に書き付けたのであろう。○大庾嶺 江西省と広東省との境にある峠で、ここを越えれば未開野蛮の地で名高い、いわゆる嶺南である。○北駅 北の宿場。○陽月 陰暦十月のこと。○至此回 ここ大庾嶺まで来れば雁は翼を北にかえす。大庾嶺あたりの温暖な気候のため、雁は春になったと錯覚して北へと翼をかえすこと。この地が雁の渡ってくる南限と言われたのである。○殊未已 いっこうに終わらない。「殊」は「未已」を強める副詞。○潮初落 荒波がやっとおさまる。ここでは、大川の上流、奥地へと分け入ったことを暗示する。○瘴未開 瘴気が晴れない。「瘴気」は、高熱多湿の地に立ちこめる毒気。広東あたりの南方では、北方からやって来た人はマラリアのような熱病にかかりやすく、当時の人たちはその原因を瘴気のせいにした。○処 …のとき。○応見 おそらく目にするだろう。○隴頭梅 あぜに咲く梅。大庾嶺は梅が多く、梅嶺とも呼ばれた。「隴頭」は、畝のほとり。

［大　意］　流罪の旅の途中、大庾嶺の宿場に宿を取ったときの、わき起こる運命の悲嘆さと離郷の痛切さとをうたった。

［現代語訳］

　初冬十月、南へとわたってきた雁も、ここまで来れば、翼を北にかえすと聞いている。（だのに）私の旅はいつまでも終わることがない。いつになったら、また帰ってこられるだろうか。大川は静まりかえり、荒波もやっとおさまった。林はうす暗くたそがれて、瘴気が晴れないでいる。明日の朝、はるか故郷を見わたすとき、おそらくあぜに咲く梅の花が私の目に入ることであろう。

［詩体・押韻］

　五言律詩。「回」「来」「開」「梅」が韻をふむ（上平十の「灰」韻）。

［出典］『唐詩三百首』巻四。

［作者］

　宋之問（六五六？〜七一二）、字は延清《えんせい》。汾州《ふんしゅう》（山西省）の人、あるいは弘農（河南省）の人ともいう。上元二年（六七五）の進士。順調に官位が進み、洛州刺史や尚書監丞などを歴任する。則天武后に詩の才能を高く評価され、宮廷詩人として活躍した。しかし武后の寵臣だった張易之《ちょうえきし》兄弟に媚びるところもあり、張易之の失脚とともに瀧州《そうしゅう》（広東省）に流された。その後都にもどると今度は新たな権力者の武三思《ぶさんし》に取り入った。睿宗《えいそう》が即位すると、再び嶺南の欽州《きんしゅう》（広東省）に流され、玄宗即位の年に死を賜った。後に「沈宋《しんそう》」と並称されたように、則天武后の下、沈佺期《しんせんき》や杜審言《としんげん》らと律詩の定型の確立につとめた。

［鑑賞］

　作者宋之問は、沈佺期や杜審言らの詩人とともに、則天武后の寵臣であった張易之の庇護を受けていましたが、則天武后の政権が倒れ、張易之が殺されるや、彼らは皆、逆臣の一味とみなされ、遠隔地へ流罪になりました。宋之問も瀧州へ流されて、その配所への旅の途中、大庾嶺の北の宿場で思いを書き付けたのがこの詩です。したがってここに描かれた旅愁と望郷の念も単純な感情ではなく、それまでの生を根こそぎ覆す境遇を重ね合わせて想像しなければなりません。

第一・二句と第三・四句とでは、雁のようには北へ帰れぬ自分の身を対照させてとらえて、配所に向かう大いなる不安が託されています。第五・六句はその不安感情を露骨に直情的に述べるのではなく、厳整な対句を使って情景によって描き出そうとしています。第七・八句は春を思わせる暖かな「梅」のイメージによって、望郷の念を更に一層つのらせています。特に「梅」は、第一・二句の初冬とは言いながら暖かな気候の歌い出しとうまく照応します。それは一見、自分の置かれた厳しい情況とはそぐわないかの感を受けます。しかし、この皮肉なわが身の認識は、大庾嶺を越えた嶺南の地（瘴気の立ちこめる未開の地）へと踏み込まねばならない大いなる不安の前触れでもあるのです。これから先さらに続く不安を、いま包まれる夕暮れ時には目にしない梅の花を明朝には見ることになるだろうと想いうかべて表現しています。その美的センスは、詩人の胸の内のくさぐさをありありと伝えていて巧みです。

律詩の眼目は第二聯と第三聯の対句にあります。「泛鏡湖南渓（鏡湖《きょうこ》の南渓に泛《うか》ぶ）」と題された五言律詩のまん中の四句を見てみましょう。

巌花候冬発　巌花《がんか》冬を候《ま》ちて発《ひら》き
谷鳥作春啼　谷鳥《こくちょう》春に作《な》りて啼《な》く
沓嶂開天小　沓嶂《とうしょう》天を開きて小さく
叢篁夾路迷　叢篁《そうこう》路を夾《はさ》みて迷わしむ

この地は南国なので、岩場の花は冬を待って咲き、
谷川の鳥はもう春がきたかのように啼く。
重なる峰々の間から、空が小さく見え、竹林が群生
していて、行く手に迷うほどだ。

中宗の景龍三年（七〇九）、左遷されてやってきた紹《しょう》興《こう》（浙江省）の地で、鏡湖の南にある谷川に遊んだ作です。引用した二組の対句では、前者で南国の気候に驚く感受性が、後者では奥深く遠い巨景と風流な近景の対句が見事です。

「還至端州駅 前与高六別処」

還《かえ》りて端州駅《たんしゅうえき》に至《いた》る
前《さき》に高六《こうろく》と別《わか》れし処《ところ》なり

張説《ちょうえつ》

旧館分江口
凄然望落暉
相逢伝旅食
臨別換征衣
昔記山川是
今傷人代非
往来皆此路
生死不同帰

旧館《きゅうかん》は分江《ぶんこう》の口《ほとり》
凄然《せいぜん》として落暉《らくき》を望《のぞ》む
相逢《あいあ》いては旅食《りょしょく》を伝《わか》ち
別《わか》れに臨《のぞ》みては征衣《せいい》を換《か》えぬ
昔《むかし》は記《おぼ》ゆ　山川《さんせん》の是《ぜ》なるを
今《いま》は傷《いた》む　人代《じんだい》の非《ひ》なるを
往来《おうらい》　皆《みな》　此《こ》の路《みち》なるに
生死《せいし》　帰《き》を同《おな》じくせず

［語釈］　○端州駅　今の広東省高要県にあった宿場。作者は宰相の魏元忠たちをかばった罪で、則天武后の権臣 張《ちょう》易之《えきし》によって欽州（広東省欽県）に流罪になった。やがて二年後都に召しかえされたが、その帰途、再びこの宿場に立ち寄った。○高六　高戩《こうせん》のこと。「六」は排行（一族の同世代の男子の出生順序）を示す。宰相魏元忠の一派とみなされ、作者とともに広東（広州市）へ流され、流罪地で亡くなった。○旧館　昔宿泊した宿。二年前に流罪地への旅の途中、作者は高戩と共に宿をとった。○分江口　川すじの別れるほとり。○凄然　悲痛な思いで。○伝旅食　旅先での弁当を伝えまわして分け合う。○換征衣　お互いに着ている旅衣を記念のために取り替える。「征衣」は旅の着物。○昔記山川是　山川のたたずまいは、昔の記憶そのままである。○人代非　人の世は山川と違い、移り変わるものであるということ。「非」は前句の「是」と対応させた表現。○往来　流罪地へ行ったときと、都へ帰って行くときと。○生死　私は生き残り、君は死んでしまっていること。

［大　意］　赦免を受けることなく流罪の地で没した友人の高戩を傷む気持ちをうたったもの。

［現代語訳］

昔高戩と別れた宿は、あのときと同じく、川すじの別れるほとりに立っている。私は（そのときのことを）悲痛に思い起こしながら沈みゆく太陽を眺めやる。

（ともに流されてゆくときの道中で）落ち合ったときは、旅の弁当をわけあって食べ、別れぎわに、旅の着物をとりかえあったのだった。

山川の姿は昔の記憶そのままであるが、人の世はそうではなく、（君はすでにこの世にいないことを）痛まずにはいられない。

流されて往ったときと同じこの道をこうして帰って行きながら、私は生きて帰って行くのに、君は亡くなってしまっていて、一緒に都に帰ることができないのだ。

［詩体・押韻］

五言律詩。「暉」「衣」「非」「帰」が韻をふむ（上平五の「微」韻）。

［出典］　『唐詩選』巻三。

［作者］

張説（六六七〜七三〇）、字は説之《えつし》、または道済《どうさい》。それほど恵まれた家ではなかったが、永昌元年（六八九）進士に及第し、則天武后の抜擢によって鳳閣舎人に進んだ。武后の寵臣張易之らの企みに加担しなかったので、高戩らと共に遙か嶺南に左遷された。張易之の失脚後、都に召され、睿宗《えいそう》のときに宰相の一人になった。その後も地方長官に左遷されたり都で政治の中枢となったりした。宮廷詩人としても名高いが、それにとどまらず率直な心情をうたい、盛唐の詩風への転機ともなったと評価されている。

［鑑賞］

高戩とともに遠く南方広東に流された張説は二年後都に召しかえされ、その帰途端州駅に立ち寄り、かつてこの地まで流謫の旅を共にした、今は亡き高戩を悼んで、この詩を作ったのです。貫かれているのは「悽然」という心情です。第三・第四句の異常なまでの友情の示し方も、流謫という事情を考えれば胸痛むものです。第五・第六句の対句は、巧みに人事と自然とを、昔と今とを対比させ、結びの感情の昂揚を準備するのです。まことに激しく昂揚する、悲痛なまでの友情をうたう詩です。

　張説は晩年には青年期の玄宗に仕えた政界の大物でもありました。多くの詔勅の類を書いてもいますが、同時にすぐれた詩人でした。なかなか洒脱《しゃだつ》な一面もあり、次の詩などは酔いにまかせていささか酩酊気味に即席で作った詩にはちがいありません。

「酔中作」　酔中《すいちゅう》の作《さく》

酔後方知楽　酔後《すいご》 方《まさ》に楽《たの》しみを知《し》り

弥勝未酔時　弥《いよ》いよ未《いま》だ酔わざる時《とき》に勝《まさ》る

動容皆是舞　容《すがた》を動かせば 皆《み》な是《こ》れ舞《まい》にして

出語総成詩　語《ご》を出《い》だせば 総《すべ》て詩《し》と成《な》る

酔いつぶれるように飲んではじめて酒の楽しみがわかり、

酔えば酔うほど、酔わない時よりずっと勝る。

体を動かせばすべて舞いをまっているかのように動き、

言葉を発すれば、すべての言葉が詩となるのだから。

「晩次楽郷県」　晩《くれ》に楽郷県《らくきょうけん》に次《やど》る

陳子昂《ちんすごう》

故郷杳無際
日暮且孤征
川原迷旧国
道路入辺城
野戍荒煙断
深山古木平
如何此時恨
噭噭夜猿鳴

故郷《こきょう》 杳《よう》として 際《さい》無《な》く
日暮《にちぼ》 且《か》つ孤征《こせい》す
川原《せんげん》 旧国《きゅうこく》に迷《まよ》い
道路《どうろ》 辺城《へんじょう》に入《い》る
野戍《やじゅ》 荒煙《こうえん》 断《た》え
深山《しんざん》 古木《こぼく》 平《たい》らかなり
如何《いかん》せん 此《こ》の時《とき》の恨《うら》み
噭噭《きょうきょう》として 夜猿《やえん》 鳴《な》く

［語釈］　○次　宿泊する。○楽郷県　今の湖北省にある、長江沿いの田舎町。○杳無際　遙かに果てしない彼方。○且　ともかくも。気が進まないが、まあまあとりあえずは、という気分を表す言葉。○孤征　一人で旅を続ける。○川原　川を挟んで広がる平野。日本で言う「河原」とは違う。○迷旧国　故郷がどこなのかわからない。「迷」は、ぼんやりとすることをいう。「旧国」は、故郷。一説に、古い都（楽郷県は戦国時代の楚の国の中心だったところ）の跡の意。○辺城　へんぴな田舎町。楽郷県をいう。○野戍　野なかのとりで。○荒煙断　人家の寂しいかまどの煙も、今は絶えている。○如何　どうすればいいのだろうか。○噭噭　猿の鳴き声の形容。○夜猿　夜に群がり鳴き叫ぶ猿の声。姿を見せないだけに、一層旅愁を駆り立てる風物として頻用される。

［大　意］　故郷から旅立ち、楽郷県に宿泊したとき、わき起こる旅愁をうたったもの。

［現代語訳］

故郷を果てしなく隔ててやってきて、日暮れ、（気の進まぬも）ともかく一人で旅を続ける。（振り返って見やるが）川を挟んで広がる荒野のどのあたりが故郷の方角なのかもわからない。わたしの行く道は（いつしか）田舎町へと入ってゆく。
野なかのとりででは、人家のかまどの煙も絶え、深い山には、年を経た木々が（樹海をなして）長く平らに続いている。
このときわき起こる悲しみをどうすればよいのであろうか。（時もとき）夜猿がキイキイと、かなしく鳴き叫んだのだった。

[詩体・押韻]

五言律詩。「征」「城」「平」「鳴」が韻をふむ（下平八の「庚」韻）。

[出典]『唐詩選』巻三。

[作者]

陳子昂（六六一～七〇二）、字は伯玉《はくぎょく》。射洪《しゃこう》（四川省）の人。若い頃は任侠を好んだが、後に勉学に励んだ。開輝二年（六八二）に進士に及第後は、則天武后に認められ、左拾遺まで進んだが、武后の政治に失望し、辞職して郷里に帰った。父の死後、県令がその財産に目をつけ、陳子昂を罪に陥れた。そのため病弱の彼は獄中で亡くなった。初唐の華美な詩風に反対し、素朴で力強い漢魏《かんぎ》詩の復活を主張した。

[鑑賞]

この詩の詳しい成立事情ははっきりとは分からないが、郷里を出て都に出ようとした旅の途次、楽郷県に宿泊したとき、わき起こる旅愁をうたった詩です。

構成がはっきりとして骨太です。初めの二句は旅の事情を、次の四句は目にした風景を、結びの二句は旅愁をうたいます。目に付くのは主題を盛り上げる言葉の群れ、日暮・川原・旧国・辺城・野戍・荒煙・深山・古木――です。それらが骨格太く捉えられた第三句と第四句、第五句と第六句の対句に定着しているからこそ、結びの高揚と感傷の二句へとスムーズにつながってゆくのです。

盛唐

盛唐とは、睿宗《えいそう》の景雲元年（七一〇）ころから、代宗《だいそう》の永泰元年（七六五）までの五十数年間を指して言いますが、その中心は玄宗《げんそう》の開元（七一二～四一）、天宝（七四二～五六）年間で、唐の文化の最盛期でした。多くのすぐれた個性が次々に現れ、それぞれがスケール大きくその個性を発揮した中国古典詩の黄金時代でした。

代表する詩人は李白《りはく》と杜甫《とほ》です。李白は人生の快楽をうたいあげ、奔放な想像力と壮大な精神に満ちた詩人でした。それに対して杜甫は、李白とも交流をもってその個性に大きな影響をうけると同時に、社会的な志と誠実性を貫く、李白と対照的な人生と詩作をなした詩人でした。杜甫は特に社会批判の詩を書き、また律詩の完成を成し遂げました。

二大詩人のほか、王維《おうい》・孟浩然《もうこうねん》・王昌齢《おうしょうれい》らことごとくが一流ですが、かれらは中興の英主玄宗皇帝による繁栄の時代に大きく個性をのばしました。しかし玄宗の晩年安禄山《あんろくざん》の乱がおこり、激動の時代のまっただ中を経験しなければならない詩人も多かったのです。その苦難から李白も杜甫も王維もよりいっそう深く個性を刻みつけていきました。

李白ゆかりの廬山の
香炉峯の瀑布遠望（江西省）

「題袁氏別業」

袁氏《えんし》の別業《べつごう》に題《だい》す

賀知章《がちしょう》

主人不相識
偶坐為林泉
莫謾愁沽酒
嚢中自有銭

主人《しゅじん》 相識《あいし》らず
偶坐《ぐうざ》するは 林泉《りんせん》の為《ため》なり
謾《みだ》りに酒《さけ》を沽《か》うを愁《うれ》うること莫《な》かれ
嚢中《のうちゅう》 自《おのず》から銭《ぜに》有《あ》り

［語釈］　○題　実際に書き付ける。○袁氏　袁某。詳細は不明。○別業　別荘。○主人　袁氏を言う。○不相識　「そうしきならず」と読んでも同じ。「相識」は、知り合い。○偶坐　たまたま向かい合って座る。○莫　「勿」と同じ。○謾　「漫」と同じ。○沽　買う。○嚢中　財布の中。

［大　意］　面識もない人の別荘の庭のすばらしさに見せられて座り込んでは、ここに酒があれば風流は完璧だと、洒脱な気分をうたったもの。

［現代語訳］

ここの別荘の主人とはいままでに面識がなかったけれど、
たまたまこうして向かい合って座っているのは、ここの庭の木々と水のすばらしさに惹かれたためだ。
ですから、ご主人よ、わたしをもてなそうと酒を買いに行かなくてはなどと、ご心配くださいますな。
わたしの財布の中には、ほれこのとおり、酒代はありますから。

【詩体・押韻】
五言絶句。「泉」「銭」が韻をふむ（下平一の「先」韻）。

【出典】『唐詩選』巻六。

【作者】
賀知章（六五九～七四四）、字は季真《きしん》。越州（浙江省）の人。則天武后の時の進士。玄宗から厚く信任され、官は礼部侍郎に至り、集賢院学士を兼ねた。李白を玄宗に推薦したことで知られた洒脱な風流人で、自ら「四明《しめい》（出身の越《えつ》にある山なみ）の狂人」と号した。老年を理由に惜しまれながら辞職し、郷里に帰って亡くなった。

【鑑賞】
杜甫は青年時代に、同時代の八人の酒仙を奔放にうたいました。「飲中八仙歌《いんちゅうはっせんか》」という七言古詩の流麗なリズムに乗せた詩です。そのなかで李白のことを「李白は一斗　詩百篇、長安市上　酒家に眠る」とうたっていますが、八酒仙のはじめには賀知章の酔態を次の二句で述べています。

知章騎馬似乗船　知章《ちしょう》の馬《うま》に騎《の》るは　船《ふね》に乗《の》るに似《に》たり
眼花落井水底眠　眼《め》は花《くら》み　井《い》に落《お》ちて　水底《すいてい》に眠《ねむ》る

賀知章が酒に酔って馬に乗るさまは、まるで船に乗っているように揺れている。まなこはくらくらし、あるときは井戸に落っこちたまま水底で眠ってしまうほどだ。

前句には、賀知章は南方の越の人だから、船に乗るのは慣れているが、馬は苦手であったことをからかう気分もあったかもしれず、酔態をユーモラスにうたっています。後句は、酔って目先がかすむことを「眼花（眼の花）」ときれいな語でいい、狂態を伝えています。単なる誇張表現であるとは限らず、実際にそのような逸話が彼にはついて回ったに違いありません。

「題袁氏別業」の詩には、洒脱な風流人ぶりがよく表されています。庭園の山水と酒とが彼には何よりも命の泉だったのです。

「涼州詞」

涼州詞《りょうしゅうし》　王翰《おうかん》

葡萄美酒夜光杯
欲飲琵琶馬上催
酔臥沙場君莫笑
古来征戦幾人回

葡萄《ぶどう》の美酒《びしゅ》　夜光《やこう》の杯《はい》
飲《の》まんと欲《ほっ》すれば　琵琶《びわ》　馬上《ばじょう》に催《もよお》す
酔《よ》うて沙場《さじょう》に臥《ふ》す　君《きみ》　笑《わら》うこと莫《な》かれ
古来《こらい》　征戦《せいせん》　幾人《いくにん》か回《かえ》る

［語釈］○涼州詞　歌曲の名。もと涼州（甘粛《かんしゅく》省武威県一帯の地）で流行していた。○葡萄美酒　西域産の葡萄のうま酒。○夜光杯　西域産のガラスの杯。○琵琶　西域産の弦楽器。○馬上催　酒興を促すように、馬上でかき鳴らされる。「催」は、促すように、せき立てるように、催される（演奏される）。ここでは、「うながす」と訓んでもいいし、「もよおす」と訓んでもいい。○沙場　砂漠。漢代以来、そこは戦場でもあった。○莫笑　笑わないでくれ。「莫」は、勿と同じ。○征戦　遠征して戦うこと。

［大　意］　遠く辺塞の美しい風物を前にして、駆り立てられる出征兵士のやるせない思いをうたったもの。

［現代語訳］

ガラスの杯に注がれた葡萄の美酒、
飲もうとするほどに、琵琶の音が馬上でかき鳴らされる。
たとえ酔いつぶれて砂漠に寝そべったとしても、君よ、笑わないでくれ、
昔から、こうして遠く駆り出された兵士で、どれだけの人が無事に故郷に帰れたことか、分からないのだから。

【詩体・押韻】

七言絶句。「杯」「催」「回」が韻をふむ（上平十の「灰」韻）。

【出典】『唐詩選』巻七。『唐詩三百首』巻六。

【作者】

王翰（六八七？〜七二六？）、字は子羽《しう》。并州《へいしゅう》晋陽（山西省大原市）の人。若い頃から、豪放で、才を誇った。景雲元年（七一〇）進士に及第し、張説《ちょうえつ》の庇護を受けたが、かれの失脚後は汝州《じょしゅう》（河南省）の刺史、さらには道州（湖南省）の司馬におとされて卒した。

【鑑賞】

辺境の地に駆り出された遠征兵士たちの苦しみと悲しみをテーマとする一群の詩を、辺塞詩と称します。経済大国としての唐王朝の繁栄には、とくに中央アジアの群小諸国と民族を手なずけることが必要でした。そのための出兵が頻繁に繰り返し行われたので、多くの辺塞詩が作られました。辺塞詩が、一面では反戦詩的な色彩を持つのも、そのような繁栄のかげの兵士たちの苦しみの率直な心情が吐露されているからです。それらは、多くは流行歌としてうたわれました。この「涼州詞」という詩題も本来は、涼州の地一帯で流行している歌曲の詞《し》、というほどの意味です。

この詩でも、西域を防備する兵士たちの苦しみと、異国情緒の甘さとが混じり合って、ロマンチックな悲壮美の世界が描き出されています。「葡萄の美酒」「夜光の杯」「琵琶」と重ねられ、どこまでも美しく、色鮮やかに妖しい光をたたえながら、異国情緒がかき立てられます。特に起句の、名詞を重ねただけの表現が見事です。

詩は転句にあって激しく転調します。甘さが悲壮に取って代わるのです。あるいは、エキゾチックな甘さの頂点にあって、内に隠されていた悲しみの情が堰を切ったように吐き出される、と言った方がよいでしょうか。「沙場」とか「征戦」とか、異民族との終わりの見えない攻防に明け暮れる現実を思うとき、甘い感傷にうっとりしているばかりではいられません。「酔うて臥す」という、いささかやけ気味な身振りで、「君笑う莫かれ」と読み手や聞き手に直接訴えかけることばとなって、心の乱れがほとばしり出てしまうのです。

「涼州詞」

王《おう》之《し》渙《かん》

黄河遠上白雲間
一片孤城万仞山
羌笛何須怨楊柳
春光不度玉門関

涼州詞《りょうしゅうし》

黄河《こうが》遠《とお》く上《のぼ》る 白雲《はくうん》の間《かん》
一片《いっぺん》の孤城《こじょう》 万仞《ばんじん》の山《やま》
羌笛《きょうてき》 何《なん》ぞ須《もち》いん 楊柳《ようりゅう》を怨《うら》むを
春光《しゅんこう》 度《わた》らず 玉門関《ぎょくもんかん》

［語釈］ ○涼州詞　歌曲の名。前の王翰と同じ詩題。○一片　ひとつ。○孤城　山々の間に孤立する要塞。「城」は、ここでは、要塞・城塞の意。○万仞　幾万尺。「仞」は、約一・八メートルほど。○羌笛　羌族（タングート族）の吹く笛の音。○何須…する必要などない。反語。○怨楊柳　別れの曲「折楊柳《せつようりゅう》」を奏することをいう。○不度　玉門関を越えて西域の地までやってこない。○玉門関　今の甘粛省の西の端にあった関所。

［大　意］ 辺塞兵士の悲しみに耐えきれない心情をうたったもの。

［現代語訳］
黄河の流れをはるか遠く上流に向けて、白雲のたれこめるあたりまでさかのぼって行くと、幾万尺もある山々が重なる間に、ただ一つぽつんと城塞がある。
誰が吹くのか、羌族の笛の音が聞こえてくるが、別離の曲「折楊柳」を吹くことはしないでほしい。（なぜなら）春の光は、玉門関を越えて西には渡ってこないのだから。

［詩体・押韻］

七言絶句。「間」「山」「関」が韻を踏む（上平一五の「刪」韻）。

［出典］『唐詩選』巻七。

［作者］

王之渙（六九五〜?）。太原（山西省）の人、一説に薊門《けいもん》（北京市の北西）の人ともいう。若い頃は酒や剣術を好み、任侠の徒と交わる放縦な日々を過ごしていたが、やがて文学に専心して王昌齢などと親交し、詩情あふれる詩の多くに楽人《がくじん》たちが節をつけ演奏したと伝えられる。しかし科挙には及第できず、在野の人として一生を終えたので、今に伝わる詩はわずかに六編に過ぎない。

［鑑賞］

この詩も王翰の詩とともに辺塞詩（辺境の地に駆り出された遠征兵士の悲しみをテーマとする）の代表作品です。前半の二句には、まず中国の地勢が西に向かって高くなっていることを踏まえて、白雲たなびくところを目指してすすむ、と表現し、要塞での荒涼とした情景を大きく描いています。はるか遠方の地を垂直的な高みとした発想におもしろさがあります。また、承句の「一」に対する「万」の使用も、自然で巧みです。

後半の二句は、そういう荒涼とした情景の中にいる兵士の内面の心情に立ち入って、悲しみをうたい上げます。ただその場合のうたい方も露骨に悲しみを告白するのではなく、内面を抑制した表現を用いて、言い尽くせぬ悲しみの情を言外に落としています。とくに結句は、ロマンチックで美しい表現であるだけに、一層悲しげなのです。なお、「折楊柳」は、もともとは送別に際して楊柳の一枝を手折って環《わ》にし、旅立つ人に無事に還《かえ》って来てください（「環」と「還」とは、「カン」という同音）との意味を含んではなむけとした風習があったことから、それにちなんで作られた送別の曲でありました。「玉門関」は、これもまたその名がロマンチックな響きを持つ関所ですが、西域との境をなす軍事上、交通上の要害なのでした。

「登鸛鵲楼」

鸛鵲楼《かんじゃくろう》に登《のぼ》る

王之渙《おうしかん》

白日依山尽
黄河入海流
欲窮千里目
更上一層楼

白日《はくじつ》 山《やま》に依《よ》りて尽《つ》き
黄河《こうが》 海《うみ》に入《い》りて流《なが》る
千里《せんり》の目《め》を窮《きわ》めんと欲《ほっ》し
更《さら》に上《のぼ》る 一層《いっそう》の楼《ろう》

［語釈］ ○鸛鵲楼　今の山西省永済県の城壁の上にあった三層の楼。鸛鵲（こうのとり）が巣をかけたという伝説をもつ。黄河は北からまっすぐ南に流れてきて、この永済を少し南下すると、やがて大きく東に向きを変えて遙か東海に流れ行く。○白日　太陽。ここでは、落日と同じく、夕日をいう。「白」はもともと、ぎらぎらと輝く光のイメージをもつ語であり、ここでは黄河の「黄」と対応して用いられている。○依山尽　山の稜線にもたれかかるようにして、夕日が落ちてゆく。○入海流　やがては東海に注ぐべく、滔々と流れている。○窮千里目　千里先のかなたを見晴るかす。「千里目」は、千里の先まで視線が届くの意。

［大　意］ 鸛鵲楼に登って夕日を眺め、黄河に臨んだとき、その雄大な景観に心を奪われた気持ちをうたったもの。

［現代語訳］
鸛鵲楼にのぼって西の方をみると、夕日が山の稜線にもたれかかるようにして落ちてゆく。
眼下を流れる黄河の水は、やがて遙か東海に注ぐべく果てしもなく続いている。
（この雄大な景色を眺めながら、なおも）千里のかなたを見晴るかしたくなって、
更にもう一階、楼を上へとのぼったのだった。

【詩体・押韻】

五言絶句。「流」「楼」が韻をふむ（下平十一の「尤」韻）。

【出典】『唐詩選』巻六。『唐詩三百首』巻六。

【作者】

王之渙（六九五～？）。

【鑑賞】

絶句という形式には対句表現は要求されませんが、この詩は起句と承句、転句と結句がそれぞれ対句で構成されています。それが景と情とが一段と際だってマッチする上で効果的に働いています。

前半の二句の対句は、「白」に対する「黄」の色彩の対応が鮮やかで、「依山尽」と「入海流」は、一方は遠く西の空と山を、一方は眼下の流れから当然見えない東海へと想いを馳せ、自然を壮大に把握しています。

後半の二句は一見対句でないようにうつりますが、しかし、「窮めんと欲す千里の目」と、「更に上る一層の楼」と、「千」に対する「一」の対応が軸になる対句です。ただそれが前句から後句へと意味が連続しているから、対句でないかのようにうつるのです。この二句では雄大な景観を見晴るかす詩人の感動した喜びの心が行為として表現されていて、どのような思いを詩人が抱いたか、更にもう一階上の第三層から見た景色はどうであったか、については述べられていません。そのことを表現していないところに、読む者は逆に言外に詩人のあふれる内面と見晴るかす壮大な自然とに想像力を駆り立てられるのです。そのように詩人は読み手の参加を促すように作詩しています。ですから逆に読み手自身の力量が問われているのです。そのように、優れた詩というのは読み手の想像力と主体性の参加を要請するものなのでしょう。ともあれ、この詩の場合、第三層からの眺めを具体的に表現せずに、それに向かう行為だけで作者の感慨の大きさを述べているところが大いに成功しているのです。

ちなみに「更上一層楼」の一句は現代中国語としても、更にもうワンステップ上へあがれるように努力する意で慣用され、勉強の向上や、キャリアアップを目指す場合に使われています。

「宿建徳江」

建徳江《けんとくこう》に宿《やど》る

孟《もう》浩然《こうねん》

移舟泊煙渚
日暮客愁新
野曠天低樹
江清月近人

舟《ふね》を移《うつ》して 煙渚《えんしょ》に泊《はく》す
日暮《にちぼ》 客愁《かくしゅう》 新《あら》たなり
野《の》曠《むな》しくして 天《てん》は樹《じゅ》に低《た》れ
江《こう》清《きよ》くして 月《つき》は人《ひと》に近《ちか》し

［語釈］ ○建徳江　今の浙江《せっこう》省建徳県付近を流れる川。銭塘江《せんとうこう》の中流にあたる。 ○煙渚　夕もやに包まれた岸辺。 ○客愁　旅の物思い。センチメンタルジャーニー。 ○野曠　原野がひろびろと広がってわびしい。「曠」は、がらんとして広がり、人気《ひとけ》がないさま。 ○人　ここでは作者自身をさす。

［大　意］　建徳江に舟宿りしたとき、旅の愁いがわき起こる詩人の目がとらえた夜景をうたったもの。

［現代語訳］
舟をこぎ移して、わたしは夕もやに包まれた岸辺で今夜の泊まりをすることにした。
日が暮れると、旅の物思いが新たにわいてくる。
原野はひろびろとさびしく、天空が木々の上に低くたれさがり、
大川の水はすみきって、月はわたしの身近にある。

［詩体・押韻］

五言絶句。「新」「人」が韻をふむ（上平十一の「真」韻）。

［出典］『唐詩三百首』巻六。

［作者］

孟浩然（六八九～七四〇）。一説に名は浩《こう》、浩然は字だともいう。襄陽《じょうよう》（湖北省襄樊市《じょうはんし》）の人。若い頃科挙に及第せず、郷里で半隠棲生活をしたり、江南の各地を旅してまわったりした。四十歳頃、都に出て王維らと親交を持ったが、官吏になる機会を失った。後に宰相の張九齢《ちょうきゅうれい》が荊州長史に左遷されたとき、招かれて部下に加わったが、まもなく辞任、郷里で病死した。王維や、中唐の韋応物・柳宗元とともに、自然詩人として「王孟韋柳」と称される。

［鑑賞］

この詩は孟浩然が江南一帯を遊歴している途中、建徳江の岸辺に舟宿りした一夜の作です。主題感情は承句の「客愁」ですが、陳腐に終わらせないのは、詩人の自然を捉える目です。「新」たにわき起こる「客愁」の因となる転結二句の夜景描写の鋭い感覚が印象的です。写実的に描写されているのではなく、詩人の主観で捉えられた壮大なスケールで描かれた美しい夜景です。

美しいがゆえに旅の感傷がわき起こり、感傷的であることが同時に旅の楽しみであったのです。

唐代にあっては一般的に旅は役人としての任務によるか、任地替えによるかでした。その中で李白の旅は自由人の旅、杜甫の旅は生活苦ゆえの旅として特異な旅でした。それに対して孟浩然の旅は、言ってみれば観光の旅だったのです。旅の感傷もふくめて楽しむ自由な旅でした。郷里の襄陽に定着し、経済的にも安定した中小地主階層の豊かで落ち着いた生涯を色どるものの一つが、孟浩然の場合、旅であったと言えるでしょう。

「春　暁」　孟《もう》浩《こう》然《ねん》

春暁《しゅんぎょう》

春眠不覚暁
処処聞啼鳥
夜来風雨声
花落知多少

春眠《しゅんみん》　暁《あかつき》を覚《おぼ》えず
処処《しょしょ》　啼鳥《ていちょう》聞《き》こゆ
夜来《やらい》　風雨《ふうう》の声《こえ》
花《はな》落《お》つること　知《し》んぬ多少《たしょう》ぞ

〔語釈〕　○不覚暁　夜が明けたことに気づかない。○処処　あちこちに。○聞啼鳥　鳥の鳴き声が聞こえる。「啼鳥を聞く」と訓読してもいいが、意味は同じに訳さなければならない。○夜来　ゆうべ。「来」は添え字。○知多少　どれほどかしら。さぞ多いことだろうの気分を含む。「知」の後に疑問詞が来たときは…かしらの意。

〔大　意〕　春の明け方の心地よい自由を満喫しているとき、一瞬よぎる惜春の情をうたったもの。

〔現代語訳〕

春の眠りは心地よく、夜が明けたのにも気がつかない。

うつらうつらしているわたしの耳もとに、あちこちから小鳥のさえずりが聞こえてくる。

そういえば、ゆうべの雨音が耳に残っている。

庭の花はどれだけ散ってしまったことかしら。

【詩体・押韻】

五言絶句。「暁」「鳥」「少」が韻をふむ（上声十七の「篠」韻）。

【出典】『唐詩選』巻六。『唐詩三百首』巻六。

【作者】

孟浩然（六八九～七四〇）。

【鑑賞】

孟浩然は、その生涯の大半を郷里の襄陽（湖北省）で過ごし、名誉や金銭欲にとらわれず自然に親しみながら、悠々自適の生活を送りました。李白よりも一回り年長であり、李白から終生畏敬の念をよせられましたが、それはそのような自由を満喫する風流人としての生活態度に李白が心惹かれたからでしょう（李白の「黄鶴楼にて孟浩然の広陵に之《ゆ》くを送る」詩の鑑賞七十頁も参照）。

唐代の詩人の多くは官吏でした。官吏である詩人たちは規律に縛られ、まだ夜が明けきらぬ前から起きて役所に出て行かなければなりません。「春眠 暁を覚えず、処処 啼鳥 聞こゆ」の二句の背景には彼らに対して、自分は自由な生活をしているのだという自負心がうかがわれます。

夢かうつつかのはざまで、のんびりと心地よくベッドに横になったままの作者の耳もとにあちこちから小鳥のさえずりが聞こえてきます。そのさえずりを心地よく味わっているとき、ふと昨夜の雨風の音がよみがえります。聴覚的なイメージの連想として音が重ねられたのです。この転句の妙を味わいたいものです。今は明け方、その昨夜の雨音のよみがえりへと、詩人は時間的にも自由にイメージ連鎖するのです。そしてさらに今部屋の中にいて、部屋の外の庭の花が雨風で散った情景を思い描いています。いまここにいて外の空間を鮮烈にイメージしたのです。このように後半の二句には時間と空間を自由に行き来する想像力が見て取れます。それはほかでもない、孟浩然が大事にしていた束縛されない自由な生の一コマなのです。

いずれにせよ、前半の春たけなわのどこまでものびやかな気分と、後半の落花のイメージに託された惜春の余情との、まことに緊張感をはらんだ繊細な感受性と言えるでしょう。

「過故人荘」

故人《こじん》の荘《そう》に過《よぎ》る

孟《もう》浩《こう》然《ねん》

故人具雞黍
邀我至田家
緑樹村辺合
青山郭外斜
開筵面場圃
把酒話桑麻
待到重陽日
還来就菊花

故人《こじん》　雞黍《けいしょ》を具《そな》え
我《われ》の田家《でんか》に至《いた》るを邀《むか》う
緑樹《りょくじゅ》　村辺《そんぺん》に合《がっ》し
青山《せいざん》　郭外《かくがい》に斜《なな》めなり
筵《えん》を開《ひら》きて　場圃《じょうほ》に面《めん》し
酒《さけ》を把《と》りて　桑麻《そうま》を話《かた》る
重陽《ちょうよう》の日《ひ》に到《いた》るを待《ま》ちて
還《ま》た来《き》たりて　菊花《きくか》に就《つ》かん

［語釈］〇過　訪ねてゆく。立ち寄る、という表現を用いるのを常とする。〇故人　昔からの友人。〇荘　別荘。ここでは、第二句の「田家」と同じ。〇雞黍　にわとりとキビ。田舎のご馳走をいう。〇邀　音はヨウ。迎える。招く。〇田家　農家の家。〇郭外　村落を取り囲む防壁の向こう。町はずれの彼方をいう。〇筵　酒の席。一に、「軒」（開き戸）に作る。〇場圃　作物を取り入れる広場。〇把酒　酒杯を手に持つ。〇話桑麻　桑や麻などの作物の出来具合を話題にする。〇待到　…になったら。〇重陽日　陰暦九月九日の節句。〇還　もう一度。または、やはりの意。

［大　意］　友人に招待されて、その農家を訪れたときの楽しい一時をうたったもの。

［現代語訳］

友人が鶏やキビのごちそうを用意して、わたしを田舎の家に招いてくれた。その家は緑の木々が村のあたりで一つにかたまり、青い山なみが町はずれの向こうに斜めに見えるところにある。（家に着くと）作物を取り入れる広場に面したところで酒の席が設けられ、（二人が）酒を手にしつつ語り合うのは、桑や麻の出来具合だ。
やがて重陽の節句の日になったら、もう一度菊の花を見に寄せてもらいましょう。

【詩体・押韻】
五言律詩。「家」「斜」「麻」「花」が韻をふむ（下平六の「麻」韻）。

【出典】『唐詩三百首』巻四。

【作者】
孟浩然（六八九～七四〇）。

【鑑賞】
孟浩然は郷里の襄陽（湖北省襄樊市）の町はずれで悠々自適の生活を楽しんでいました。ある日、郊外の農家の主が、農家の食事ですが用意したからと、招待してくれました。久しぶりに訪ねて行く、その旧友の村が目の前に見えてきました。そのようにうたう前半四句は直接的には表現していませんが、期待を込めて訪ねるうきうきした気分がよく伝わってきます。第三・四句はすがすがしい山や木々に囲まれた村の遠景の、見事な対句です。

後半の四句では、旧友との楽しい語らいと酌み交わすお酒についてうたい、秋になったら菊の花を賞《め》でにまたやってきますと約束する。それは「今日は実に楽しい時間を過ごさせてもらいました、ありがとうございました」というお礼の言葉に代えた表現なのです。

ところで郷里の田園で名もない近隣の農夫たちとの交流を描いた先人として、すぐに浮かぶのは東晋末宋初を隠逸詩人・田園詩人として生きた陶淵明《とうえんめい》（三六五～四二七）です。かれは四十一歳できっぱりと役人を辞め、郷里の尋陽（江西省九江市）郊外で過ごしました。「人《じん》間《かん》」（役人社会）での生活は拒否しましたが、「人境《じんきょう》」（官界城市ではなく、かといって山林の奥深くでもない、町はずれの田園空間）で時には自ら野良仕事にも精を出す生活でした。当然村人たちとの交流も親しげで、次のような詩句を残しています。

隣曲時時来　隣の近所の人たちがときどきたずねてきては、
抗言談在昔　声を弾ませては昔の素朴な心を持った人たちのことを語り合う。

（「移居」其《そ》の一）

漉我新熟酒　我が家自製のできたての酒を漉しては、
隻鶏招近局　一羽の鶏を用意して近所の人たちを招待する。

（「園田の居に帰る」其の五）

相見無雑言　道行く農夫と出会うと世間話はしないが、
但道桑麻長　ただただ語り合うのは、作物の出来具合だ。

（「園田の居に帰る」其の二）

孟浩然が陶淵明の生き方を慕うだけでなく、その詩句をよく消化していたことが分かるでしょう。

孟浩然が陶淵明を慕ったように、孟浩然を慕う同時代の詩人も多かったのです。李白も王維も王昌齢も杜甫も、交流のあるなしにかかわらず、孟浩然を少し前を行く先輩詩人として敬意をもって詩に表現しました。実際に交流を持った李白の「贈孟浩然詩」（孟浩然に贈る詩）という五言律詩を挙げておきましょう。

吾愛孟夫子　吾《われ》は愛《あい》す　孟夫子《もうふうし》
風流天下聞　風流《ふうりゅう》　天下《てんか》に聞《き》こゆ
紅顔棄軒冕　紅顔《こうがん》　軒冕《けんべん》を棄《す》て
白首臥松雲　白首《はくしゅ》　松雲《しょううん》に臥《ふ》す
酔月頻中聖　月《つき》に酔《よ》いて　頻《しき》りに聖《せい》に中《あた》り
迷花不事君　花《はな》に迷《まよ》いて　君《きみ》に事《つか》えず
高山安可仰　高山《こうざん》　安《いず》くんぞ　仰《あお》ぐ可《べ》けんや
徒此揖清芬　徒《た》だ此《ここ》に　清芬《せいふん》に揖《ゆう》す

わたしは心から孟先生を敬愛している。先生の自由で奔放な生き方は天下に知れ渡っている。先生は青年のころから、高官の車や冠に興味を示さず、白髪頭の今に至るまで松の木や雲ゆく自然に包まれて眠るといった生活だ。月を賞《め》でながら酒を飲んではいつも酔うている。また、花に魅せられて、仕官などはしない。高い山のような先生の高潔な精神を、どうして仰ぎ見ることなどできようか。わたしは、ただただすがすがしい香りに向かって頭を下げて敬意を示そう。

「西宮春怨」

西宮《せいきゅう》の春怨《しゅんえん》

王昌齢《おうしょうれい》

西宮夜静百花香
欲捲珠簾春恨長
斜抱雲和深見月
朧朧樹色隠昭陽

西宮《せいきゅう》夜《よる》静《しず》かにして　百花《ひゃくか》香《かんば》し
珠簾《しゅれん》を捲《ま》かんと欲《ほっ》して　春恨《しゅんこん》長《なが》し
斜《なな》めに雲和《うんわ》を抱《いだ》きて　深《ふか》く月《つき》を見《み》れば
朧朧《ろうろう》たる樹色《じゅしょく》　昭陽《しょうよう》を隠《かく》す

〔語釈〕　○西宮　漢代の太后の宮殿。長信宮《ちょうしんきゅう》ともいう。漢の成帝（紀元前一世紀後半の在位）の寵愛を趙飛燕《ちょうひえん》姉妹に奪われた班《はん》婕妤《しょうよ》は、長信宮づきの侍女となって身をひいた。○春怨　春の怨み、嘆き。承句の「春恨」と同じ。「怨」も「恨」も、思いにまかせぬ愛情を嘆く悲しみの心をいう。○珠簾　真珠で飾ったすだれ。簾を美しくいう。○雲和　琵琶の名。十二絃の楽器。○深　まじまじと。簾越しにしげしげと月を見る。○朧朧樹色　おぼろな月光を浴びた木々の色。「朧朧」は、おぼろおぼろ。○昭陽　趙飛燕の妹昭儀《しょうぎ》が成帝から賜った局（宮殿）。ここでは、趙昭儀だけでなく、趙飛燕姉妹が住んでいた所をさす。

〔大　意〕　君王の寵愛を失った班婕妤《はんしょうよ》の、春の一夜の嘆きをうたったもの。

〔現代語訳〕
西宮の夜は静かにふけゆき、百花の香りがただよう。
珠のすだれを巻き上げようとしながら、愛を嘆く春の心は尽きることがない。
雲和の琵琶を斜めに抱いて、まじまじと月を見れば、
おぼろおぼろの木々の色は、昭陽殿を隠している。

[詩体・押韻]

七言絶句。「香」「長」「陽」が韻をふむ（下平七の「陽」韻）。

[出典]『唐詩選』巻七。

[作者]

王昌齢（六九八～七五七?）、字は少伯《しょうはく》。京兆《けいちょう》（長安）の人。別に太原（山西省）の人ともいう。玄宗の開元十五年（七二七）の進士。いささか放漫な性格のために、地方官にしばしば左遷された。安禄山の乱に遇い、郷里に帰り、刺史《しし》（地方長官）に殺された。七言絶句にすぐれ、辺塞、送別、閨怨の詩にすぐれる。

[鑑賞]

この詩は、漢の班婕妤の故事によそえてうたい、愛を失った者の深い嘆きの感情がうたわれています。よく知られた故事で、多くの人がうたう素材と主題であるので、その「怨み」の感情がどのように盛り上がりをもってうたわれるか、班婕妤という女性の内面がどのように把握できているか、が詩作のポイントとなります。したがって構成の巧みさと、一字一字の適切で思いのこもった言葉とを知ることが理解の肝心な所です。

起句で班婕妤のおかれた西宮のムードづくりをし、承句で主題感情であるもの憂い心を直接表現しています。転句では一転して、班婕妤を外側から描いています。班婕妤の行動をカメラが追うだけなのです。その抑制の利いた表現の仕方は、結句でも貫かれています。月明かりにおぼろにかすむ木々の色、その向こうの昭陽殿、といった空間に、班婕妤の思いが無限の悲しみとしてただよっています。そのようにして寵愛を失った嘆きの情を描き出そうとした点は、やはり作者の腕です。巧みな構成であるからこそ結句も生きてくるのです。

王昌齢の閨怨の詩は、「艶麗」と評され、「西宮春怨」とペアーをなす「西宮秋怨」の詩や、「長信秋詩」五首の連作がとくにすぐれています。

「芙蓉楼送辛漸」

芙蓉楼《ふようろう》にて辛漸《しんぜん》を送《おく》る

王《おう》昌齢《しょうれい》

寒雨連江夜入呉
平明送客楚山孤
洛陽親友如相問
一片冰心在玉壺

寒雨《かんう》江《こう》に連《つら》なりて　夜《よる》呉《ご》に入《い》る
平明《へいめい》客《かく》を送《おく》れば　楚山《そざん》孤《こ》なり
洛陽《らくよう》の親友《しんゆう》　如《も》し相問《あいと》わば
一片《いっぺん》の冰心《ひょうしん》　玉壺《ぎょくこ》に在《あ》り

［語釈］　○芙蓉楼　今の江蘇省鎮江市の城内にあった高楼。○辛漸　作者の友人。○寒雨　冷たい雨あし。○連江　長江の水面に立ち込めて降り注ぐ。○入呉　呉の地方に流れこむ。「呉」は今の江蘇省一帯。一説に、わたしたち二人は夜に入ってこの呉の地方にやってきた、とする解釈もある。○平明　夜明け方。○客　ここでは、旅立つ辛漸を指す。○楚山　「楚」はふつうは長江中流の南一帯をさすが、ここでは、長江下流の北岸の地を指す。○相問　自分のことを尋ねる。○一片　一塊の。○玉壺　宝石の玉《ぎょく》で飾られた壺。壺を美的にいう。

［大　意］　友人の辛漸を芙蓉楼で送別するとき、左遷されて不遇の身ではあっても、清冽な心情だけはいつまでも持ち続けていると、自己の心の内を告白したもの。

［現代語訳］

冷たい雨あしは長江の水面《みなも》に連なるように振りそそぎ、その大川の水は、夜になって呉の国にとうとう流れこんできた。

夜明け方、いよいよ（長江を渡って）旅立って行く君を見送るときには、昨夜来の雨も止んでいて、北岸には楚の山がぽつんとそびえ立っていた。

君が洛陽に着かれたとき、洛陽にいるわたしの親友たちが、もしわたしの様子を（気遣って）尋ねたら、どうか、「玉《ぎょく》の壺に盛られた一塊の氷のように清らかに澄んだ心を持ち続けている」と伝えてくれたまえ。


【詩体・押韻】

七言絶句。「呉」「孤」「壺」が韻をふむ（上平七の「虞」韻）。

【出典】『唐詩選』巻七。『唐詩三百首』巻六。

【作者】

王昌齢（六九八〜七五七？）。

【鑑賞】

この詩を書いたとき、王昌齢は江寧《こうねい》（今の南京市）の丞《じょう》（次長）に出されていて、誇り高い性格だったと評された彼自身には都を離れた不満の官職でした。この詩は、副都洛陽へ帰る辛漸に託して、江寧に赴任するときに送別の宴会を開いて慰め励ましてくれた洛陽の友人たちに対し、変わらぬ清らかな志を持ち続けていることを伝えてくれるように、と胸の内を激白しているのです。

「寒雨」「平明」のイメージ、景物から心情への展開における「孤」の一字の巧みさ、これが結びの清冽な抒情へと導いていています。この結びの潔さは、別れのさびしさという感傷と、自己の不遇をかこつ弱気な心情とをきっぱりと振り切る、激しい心の現れなのです。実は結びの一句にはよく知られた先例があり、それを巧みに換骨奪胎しています。三百年ほど前の南朝・宋の鮑照《ほうしょう》の「白頭吟」と題された詩の冒頭の二句に、

直如朱糸縄　直きこと朱糸《しゅし》の縄《なわ》の如《ごと》く
清如玉壺冰　清きこと玉壺《ぎょくこ》の冰《こおり》の如《ごと》し

という対句があり、後句は当時の科挙の試験にもその句を基にした詩を作れと出題された（「省試題《しょうしだい》」と言います）ほどよく知られていた句でした。もともとの鮑照の詩句は、情愛の長く続かないことを男女の次元で述べたもので、相手の不実をなじる気持ちを含んだ「清」です。それに対して王昌齢の詩句は、男性次元の「清」で、友へストレートに届けられると信じた発言です。日本風に言えば本歌取りの技巧ですが、まったく趣と質を変えた潔い発言として、詩句は新しく生き返ったのです。

「従軍行」

従軍行《じゅうぐんこう》　王昌齢《おうしょうれい》

秦時明月漢時関
万里長征人未還
但使龍城飛将在
不教胡馬度陰山

秦時《しんじ》の明月《めいげつ》 漢時《かんじ》の関《かん》
万里《ばんり》 長征《ちょうせい》して 人《ひと》 未《いま》だ還《かえ》らず
但《た》だ龍城《りゅうじょう》の飛将《ひしょう》をして在《あ》ら使《し》めば
胡馬《こば》をして陰山《いんざん》を度《わた》ら教《し》めざりしを

［語釈］ ○従軍行　楽府題《がふだい》の名。遠征した兵士の労苦を述べるのが趣意。「行《こう》」は、うたの意。○龍城飛将　前漢の武帝（前一五六〜前八七年）の時代の名将李広（?〜前一一九年）を指す。辺境で武功を立て、匈奴（蒙古地方中心に、漢民族を大いに悩ました民族）から「飛将軍」とよばれて恐れられた。「龍城」は、匈奴の根拠地。○不教　…させない。「教」は「使」と同じく、使役の動詞。○胡馬　えびすの馬。北方の異民族は騎馬で戦うことに秀でていた。○度　渡る。越える。○陰山　今の内蒙古自治区の砂漠に連なる山脈。漢と匈奴との国境に位置した。

［大　意］　辺塞を守る兵士の苦しみと悲しみとを、激しい気概を持ってうたったもの。

［現代語訳］
漢代に築かれた関所に、月は秦のころと変わりなくさやかに照り、
万里遠く出征した兵士たちは、まだ帰れないのだ。
ただただ李広のような名将がいてくれさえすれば
胡の馬にあの陰山を越えさせるようなことはなかったであろうものを。

【詩体・押韻】

七言絶句。「関」「還」「山」が韻をふむ（上平十五の「刪」韻）。

【出典】『唐詩選』巻七。三首の其の三。『楽府《がふ》詩集』巻二十一には「出塞」と題する。

【作者】

王昌齢（六九八～七五七？）。

【鑑賞】

辺塞詩の一首で、政治の現状を真っ正面から批判する詩です。出征兵士の労苦をうたい、名将がいないことを激しく嘆くのは、名将の出現を期待する裏返しでもありますが、しかし名将がない限り到底この悲惨は収まらないという怒りとか絶望感とかの方が強いでしょう。

「秦」「漢」「飛将」という歴史上のイメージ、「龍城」「陰山」という地理上のイメージといった固有名詞をふんだんに織り交ぜています。その具体的なイメージを借りて、時間的空間的にスケール大きく描かれています。

起句では歴史と現実とを巧みに交錯させながら、要塞の夜景がうたわれます。秦漢の時代以来ずっと、陰山山脈の南、黄河が屈曲している一帯は、匈奴をはじめとする北方異民族と一進一退の攻防が繰り返されたところなのです。唐代になっても頻繁に遠征軍が派遣され、それが中国経済の大きな負担であり、なによりも駆り出される多くの民衆には悲痛この上もないことだったのです。起句にはそのような歴史の重みがこめられており、表現はどこまでも壮大な響きをもってうたわれています。名詞を重ねただけの表現は口調もイメージも鮮やかです。起句の広大な夜景に続いて、承句では従軍する兵士たちの嘆きが一気に語られます。

転結の二句では李広のような名将が現代に存在しないことを嘆いていますが、鑑賞するにあたっては、そういう嘆きの口振りの奥にある、作者の激しい気概をこそ読みとらなければなりません。前に挙げた王之渙や王翰の「涼州詞」と比べてみましょう。二首の「涼州詞」はいずれも、中国とは違う異域にいることを強調しながら、どこまでも美しく、エキゾチック・ロマンチックにうたいあげられていました。それに対して王昌齢のこの詩は、力強く、雄々しく国難と民衆の苦渋をうたいあげています。ここに、王昌齢という詩人の個性と精神、現状批判の憤りが見られるのではないでしょうか。

「竹里館」　王維《おうい》

竹里館《ちくりかん》

独坐幽篁裏
弾琴復長嘯
深林人不知
明月来相照

独《ひと》り坐《ざ》す　幽篁《ゆうこう》の裏《うち》
弾琴《だんきん》し　復《ま》た　長嘯《ちょうしょう》す
深林《しんりん》　人《ひと》　知《し》らず
明月《めいげつ》　来《き》たりて　相照《あいて》らす

［語釈］　〇竹里館　長安の南東にあった王維の別荘、輞川《もうせん》荘の二十の景勝の一つ。〇幽篁　奥深い静かな竹藪。〇裏　なか。内。〇復　…したり、…したりする。かつ…かつ…。〇長嘯　口をすぼめておなかの底から長く息を吐き出すこと。口笛を吹く、に近い行為。六朝以来、ストレス解消の風流な動作とされた。〇人　世間の人たち。〇相　動作に相関関係があれば一方的にも用いる語。「ともに」とか「たがいに」とかの意とは限らない。たとえば、片思いでも「相思」という。

［大　意］　奥深い竹林の中で、明月に照らされながら静寂をしみじみ味わうさまをうたったもの。

［現代語訳］
奥深い竹藪の中の館に一人座って、
（心のおもむくままに）琴をひいたり、ながながと嘯したりする。
（人里遠く離れた）深い林の中なので、（この趣きなど）世間の人は誰も分からないだろうが、
明月の光だけは差し込んできて、自分を照らしてくれている。

［詩体・押韻］

五言絶句。「嘯」「照」が韻をふむ（去声十八の「嘯」韻）。

［出典］『唐詩選』巻六。『唐詩三百首』巻六。

［作者］

王維（六九九〜七五九）。字は摩詰《まきつ》。太原（山西省）の人。若い頃から詩文・音楽・絵画に優れる風流才子として、長安の社交界に名を知られた。開元十九年（七三一）進士に及第、一時は辺境の地に左遷されたこともあったが、まもなく都に帰り、順調な官吏生活であった。そのかたわら、終南山の麓の輞川に別荘を構え、自然を楽しんだ。安禄山の乱が起きると、逃げ遅れ、やむなく賊軍に仕えさせられた。そのため乱の平定後、重罪に処されかけたが、弟である宰相王縉《しん》の嘆願によって救われ、最後は尚書右丞（内閣書記官長）にまでなった。母の影響を受けた熱心な仏教信者であったが、晩年には特に傾倒を深めた。自然詩人の代表的な存在である。

［鑑賞］

輞川荘内には二十の景勝の地があり、親友の裴迪《はいてき》とともに、一人それぞれ一首ずつ、計四十首の五言絶句を作り、『輞川集』としたのです。この詩は次の「鹿柴」の詩とともにその代表作です。

絶句の構成における起承転結がはっきりとしています。また、わずか二十字という少ない字数ですから、言外に落とされた余情がどれだけ深いか。その美と境地の背後に、深く仏教に心を寄せた詩人の思想の深さを感じさせる詩です。また、静と動、明と暗、詩と絵と音楽、それらの対照的な配置、「独」「幽」「深」といった静寂を強調する文字の多用があり、一見何気ない表現かのように見えて、大変技巧的で計算尽くされた美の小宇宙を作り上げています。

#「鹿　柴」

鹿柴《ろくさい》　王維《おうい》

空山不見人
但聞人語響
返景入深林
復照青苔上

空山《くうざん》　人《ひと》見《み》えず
但《た》だ　人語《じんご》の響《ひび》き　聞《き》こゆ
返景《へんえい》　深林《しんりん》に入《い》り
復《ま》た照《て》らす　青苔《せいたい》の上《うえ》

［語釈］　○鹿柴　鹿を飼っておくための囲いの柵。○空山　がらんとして、静まりかえった山。○不見人　従来のように「人を見ず」と訓んでもいいが、人が見えない、と訳さなくてはならない。○但聞　従来のように「但だ…を聞く」と訓んでもいいが、ただ…だけが聞こえる、と訳さなくてはならない。○返景　夕日。沈みゆく夕日が、西から逆に大空に投げかける光をいう。「景」は、「影」の字と同じで、光の意。○復　それから。そして。○照　照り映える。

［大　意］　輞川荘の鹿柴あたりの静寂の風景と奥深い情趣とをうたったもの。

［現代語訳］

ひっそりと静まりかえった山には人の姿は見えず、
ただ人の話し声のような響きだけが聞こえてくる。
夕日が林の奥までさしこみ、
さらに青い苔の上に照り映える。

【詩体・押韻】

五言絶句。「響」「上」が韻をふむ（上声二十二の「養」韻）。

【出典】『唐詩選』巻六。『唐詩三百首』巻六。

【作者】

王維（六九九～七五九）。

【鑑賞】

この詩は、前の「竹里館」と同じく、『輞川集』にある一首です。前半の二句では、人気のない自然の中で一人を楽しむ姿が浮かびますが、それが同時に、王維の半官半隠の生き方をも暗示しています。人っ子一人いない自然ではあってもどこかしら人の気配も同時に感ぜられる微妙な静寂の空間として感受されていて、高官としての役所勤めの合間に得られた、隠者もどきの自由な時空間であることをわれわれに印象付けるでしょう。

王維の詩は、北宋の蘇軾《そしょく》から「摩詰《まきつ》の詩を味わえば詩中に画有り」（題跋《ばつ》「摩詰の藍田煙雨図《らんでんえんうず》に書《しょ》す」）と評されました。この詩の後半の二句でも、色と光が美的に交叉し、静寂の自然美が一幅の画として表現されています。そしてその画の中から、自然美と一体化する王維の、宗教的でさえある閑雅な精神が伝わってきます。

なお、同時に作られた裴迪《はいてき》の「鹿柴」の詩も『唐詩選』にとられています。

日夕見寒山　日夕《にっせき》　寒山《かんざん》を見《み》ては
便為独往客　便《すなわ》ち独往《どくおう》の客《かく》と為《な》る
不知深林事　知《し》らず　深林《しんりん》の事《こと》
但有麏麚跡　但《た》だ麏麚《きんか》の跡《あと》有《あ》るのみ

夕方、冬枯れの寒々しい山が目にとまると、すぐさまわたしはひとりで山の中へと出かけて行く。
深い林の奥のことは分からないが、
鹿の足跡だけが残っている。

王維の詩が仄《そく》韻であるように、この詩も入声《にっしょう》の韻ですから仄韻の詩です。王維の詩が静寂な美をうたうのに対し、裴迪のそれは自身の行動の足跡を書きとめた感があります。

「山居秋暝」

山居《さんきょ》の秋暝《しゅうめい》

王維《おうい》

空山新雨後
天気晩来秋
明月松間照
清泉石上流
竹喧帰浣女
蓮動下漁舟
随意春芳歇
王孫自可留

空山《くうざん》 新雨《しんう》の後《あと》
天気《てんき》 晩来《ばんらい》 秋《あき》なり
明月《めいげつ》 松間《しょうかん》に照《て》り
清泉《せいせん》 石上《せきじょう》に流《なが》る
竹《たけ》 喧《かんば》しくして 浣女《かんじょ》 帰《かえ》り
蓮《はす》 動《うご》きて 漁舟《ぎょしゅう》 下《くだ》る
随意《ずいい》なり 春芳《しゅんほう》の歇《や》むこと
王孫《おうそん》 自《みずか》ら留《とど》まる可《べ》し

［語釈］ ○山居　山荘。輞川の別荘をいう。○秋暝　秋の夕暮れ。○空山　人気《ひとけ》のない静かな山。人がいないから「空」なのである。○新雨　今しがた降った雨。○晩来秋　夕方を迎えていよいよ秋めく。「秋」は、動詞のような使いかたである。○石上　岩の上。「石」は小岩。○浣女　洗濯娘。○随意　ままよ。勝手よ。…しても構わない。○春芳　春の草花。○歇　枯れ散ってしまう。「つく」と訓じてもよい。○王孫自可留「王孫」は、貴人の子弟。若様。坊ちゃん。ここでは、作者を含めていう。この一句は、『楚辞』「招隠《しょういん》士《し》」の「王孫　遊んで帰らず、春草　生じて萋萋《せいせい》たり」（春草が青々と生えているので、若様は遊んで帰ろうとしない）を踏まえ、それを裏返しに使用したのである。

［大　意］ 秋の夕暮れの、雨後の清々しい自然をうたったもの。

［現代語訳］
人気のない静かな山が今し方降った雨に洗われた後、天気は夕方をむかえていよいよ秋めく。明るい月が松林のあたりを照らし、清らかに澄んだ泉のせせらぎが小岩の上を（勢いよく）流れる。竹藪がにぎやかなのは、洗濯娘が帰って行くらしい。蓮が動いているのは、漁舟が下ってゆくからしい。

春の草花が枯れ散ってしまったって構わない。若様（わたし）は自分からここに留まるのだ。

【詩体・押韻】

五言律詩。「秋」「流」「舟」「留」が韻をふむ（下平十一の「尤」韻）。

【出典】『唐詩三百首』巻六。

【作者】

王維（六九九～七五九）。

【鑑賞】

この詩も、輞川の別荘で作られた詩で、秋の夕暮れ時の雨後の清々しい情景をうたいます。自然の美しさは、秋の夕暮れの感傷さえ、全く無縁なものとしているかのようです。そこには、秋は悲しいもの、といった伝統的な感受性は乗り越えられています。もっぱら美しく清らかですがすがしい、俗界離れした自然美があるばかりです。第五句・第六句の「浣女」とか「漁舟」とかも、話声や蓮の動きでそれと分かるのであって、その姿や影は見えない、自然の一つの景として登場しています。

とりわけ雨後の清々しさをうたった、第三句と第四句、第五句と第六句の対句の美しさが際だちます。語法的には、「明月照松間、清泉流石上、竹喧浣女帰、蓮動漁舟下」の方がよいのですが、押韻の関係で、順序を換えているのです。

なお最後の句は、『楚辞』のよく知られた句をおもしろく組み込んでいます。つまり、『楚辞』の世界は春景色の美しさ故に「王孫 遊んで帰らず」なのですが、この詩は秋景色を詠じています。だから、「春芳の歇むこと」は自分とは関係がない、王孫の賞《め》でた春景色はここにはないのだが、このすばらしい秋景色があるではないか、すばらしい秋の夕暮れを前にして、わたしはあの王孫と同じようにここに遊んでとどまるのだ、と言うのです。

このような陳腐でさえある有名な典故を一ひねりした物言いは、それまでのどこまでも美しい自然美を詠じるうたい方から見ると軽妙に過ぎると言えるかもしれません。自分のことを「王孫」などと面白がっていうのも言い過ぎの感があります。しかし逆に言えば、人間離れした世界をわれわれ読者から遠ざけないのも、こういったある種の「軽み」かもしれないのです。

#「静夜思」

静夜《せいや》の思《おも》い

李《り》白《はく》
牀前看月光
疑是地上霜
挙頭望山月
低頭思故郷

牀前《しょうぜん》 月光《げっこう》を看《み》る
疑《うたご》うらくは 是《こ》れ 地上《ちじょう》の霜《しも》かと
頭《こうべ》を挙《あ》げて 山月《さんげつ》を望《のぞ》み
頭《こうべ》を低《た》れて 故郷《こきょう》を思《おも》う
〔語釈〕 ○静夜思　静かな夜のもの思い。「思」は、ここでは、望郷の念。○牀　ベッド。中国ではベッドを使用する。○疑是　…かと見まごう。○低頭　うなだれて。
〔大　意〕 静かな夜更け、月明かりの白さにみちびかれるようにして、故郷をしのんでうたったもの。

〔現代語訳〕

ベッドの前に差し込む月明かりを見つめると、
地におく霜ではないかと見まごうばかりだ。
頭をあげて山の端にかかる月をながめては、
わたしは（いつしかひとり）うなだれて、ふるさとのことをしのぶのであった。

[詩体・押韻]
五言絶句。「光」「霜」「郷」が韻をふむ（下平七の「陽」韻）。

[出典]『唐詩選』巻六。『唐詩三百首』巻六（「夜思」の詩題。「看」を「明」に、「山月」を「明月」に作る）。『李太白文集』巻六。

[作者]
李白（七〇一〜七六二）、字は太白《たいはく》。青蓮居士《せいれんこじ》と号す。出身は隴西《ろうせい》（甘粛省）とも、山東とも、綿州《めんしゅう》（四川省）ともいわれる。西域商人の父をもち、奔放な青少年時代を蜀（四川省）で過ごし、二十五歳のとき、遍歴の旅に出た。全国各地をめぐり、道士たちとも交わった。四十二歳のとき、長安に行き、賀知章の推薦で玄宗によって翰林供奉《かんりんぐぶ》に任用された。奔放な振る舞いで玄宗の側近たちとそりが合わず、三年たらずで辞し、再び放浪の旅に出た。杜甫や高適《こうせき》たちと旅をしたこともあった。天宝十四年に安禄山の乱が起こると、やがて永王璘《りん》の義勇軍に招かれたが、乱が一段落すると、玄宗の後を継いでいた粛宗《しゅくそう》によって賊軍とされ、敗れると、死罪を免れ夜《や》郎《ろう》（貴州省）の地に流された。その道中赦免され、以後も長江の南の各地を放浪し、病没した。李白は、杜甫とならび中国を代表する詩人で、「詩仙」とよばれる。その詩は「飄逸《ひょういつ》」（飄々然として俗気を離れる）と評され、大きく激しい情熱によって表現された詩を得意とし、想像力が豊かで、奔放な明るさが魅力である。

[鑑賞]
起承の二句は室内での眼前の情景、転句は屋外の山月、結句は望郷の情を述べます。望郷の念に駆られるのは、月光のあまりの美しさに驚いたからです。承句の着想の奇抜さと、印象的感覚的把握の巧みさが見事で、特に印象に残ります。一生の大半を旅で過ごした詩人の生涯を想像すれば、ある静かな夜更け、月明かりの美しさに導かれて望郷の念に駆られる詩人の内面は、わずか二十字の中に余すところなく表現尽くされています。
李白の詩は制作年代がそれほどはっきりとはしていないので、以下の李白の詩は詩体ごとに並べておきます。

「独坐敬亭山」

独《ひと》り敬亭山《けいていざん》に坐《ざ》す

李《り》白《はく》

衆鳥高飛尽
孤雲独去閑
相看両不厭
只有敬亭山

衆鳥《しゅうちょう》 高《たか》く飛《と》んで尽《つ》き
孤雲《こうん》 独《ひと》り去《さ》って閑《のど》かなり
相看《あいみ》て 両《ふた》つながら厭《いと》わず
只《た》だ敬亭山《けいていざん》有《あ》るのみ

〔語釈〕 ○敬亭山　今の安徽《あんき》省宣城市の北にある山。○独去閑　「閑」は、「独り去ること閑かなり」とも読める。雲だけがのどかに立ち去っていく。同時に、雲が去った後の世界が静寂だ、との意味も含む。○相看　互いに相手をじっと見つめ合う。「看」は、目を凝らして見つめること。○両　両方とも。お互いに。

〔大　意〕

〔現代語訳〕

たくさんの鳥は、大空高く飛び去って視野から消えた。
ぽつんと一つ、雲が（のどかに）流れて去り、（世界は）どこまでも静かである。
お互いにじっと見つめ合って双方が見あきることがない、
ただ敬亭山があるだけだ。

【詩体・押韻】

五言絶句。「閑」「山」が韻をふむ（上平十五の「刪」韻）。

【出典】『唐詩選』巻六。『李太白文集』巻二十一。

【作者】

李白（七〇一～七六二）。

【鑑賞】

李白五十三、四歳のときの作品です。世間に超然として自然の中にいます。詩はその絵のような自然の景を描きます。そのとき大空高く空に消えてゆくように（画面の奥深くに）鳥たちは消え、たった一つ空に浮かんでいた雲は流れて（視野から横に）消え、残されたのは山と自分だけです。その存在感の確かさ、ここに詩人の思想があります。李白の詩には地名を巧みに織り込んだものが多いのですが、この詩にも「敬亭山」の語を最後に配置した効果がはっきりと出ています。

敬亭山は、宣城（安徽《あんき》省）の町の北にありました。宣城は、昔南斉《なんせい》の詩人謝朓《しゃちょう》（四六四～九九）が太守として赴任していた町で、彼の建てた高楼もありました。かねてから謝朓を敬愛してきた李白は、「宣州の謝朓楼《しゃちょうろう》にて校書叔雲《こうしょしゅくうん》を餞別《せんべつ》す」（十二句からなる七言古詩。叔雲は、李白の叔父の李雲）等の詩を残しています。その第五句・第六句で次のように謝朓を文学史的に高く評価しています。

蓬萊文章建安骨　蓬萊《ほうらい》（漢代）の文章《ぶんしょう》　建安《けんあん》（魏の文人たち）の骨《こつ》
中間小謝又清発　中間《ちゅうかん》の小謝《しょうしゃ》（謝朓）又《ま》た清発《せいはつ》

「清発」とは清新にして利発というほどの意味ですが、すっきりとして繊細な感性と鋭く微妙な表現に秀でた詩人でした。李白の豪胆さや発想と相容れないような印象を受けがちですが、この詩のような存在感の確かさと、その感性の基底にある繊細さとを、李白は含みもっていた大きな個性だったのです。

「秋浦歌」 秋浦《しゅうほ》の歌《うた》

李《り》白《はく》

白髪三千丈
縁愁似箇長
不知明鏡裏
何処得秋霜

白髪《はくはつ》 三千丈《さんぜんじょう》
愁《うれ》いに縁《よ》りて 箇《か》くの似《ごと》く長《なが》し
知《し》らず 明鏡《めいきょう》の裏《うち》
何《いず》れの処《ところ》にか 秋霜《しゅうそう》を得《え》たる

［語釈］ ○秋浦 今の安徽《あんき》省貴池県の南西。水郷の町。○丈 十尺。唐代では、約三一センチ。○縁 「因」と同じ。○似箇 こんなにも。「如此」と同じ。当時の口語的表現。○不知 …かしら。○明鏡裏 澄んだ鏡の中。「裏」は、なか。○何処 どこから。○霜 霜は中国では、天から降ってくるものとみなされていた。

［大意］ 鏡の中に白髪の自分を見出し、年老いたわが身に愕然としたことをうたったもの。

［現代語訳］
白髪の長さは、三千丈。
愁いのために、こんなにも長くなってしまったのだ。
澄んだ鏡の中、
いったいどこから、こんなにも秋の霜が降ってきたのか。

[詩体・押韻]

五言絶句。「長」「霜」が韻をふむ（下平七の「陽」韻）。

[出典]『唐詩選』巻六。『李太白文集』巻七。十七首からなる連作の其《そ》の十五。

[作者]

李白（七〇一～七六二）。

[鑑賞]

秋浦の地で作られた連作十七首の、第十五首です。李白五十数歳、または最晩年の六十一歳の作とされています。

この詩では、「白髪三千丈」という誇張表現が、いかにも李白らしく、驚きの大きさが託されていて奇抜です。後半は、まるで他人事かのようにいささかユーモラスに言ってのけます。詩人自身は嘆きそのものをうたうというよりも、戯れているかのようです。つまり、愁いの実質をむしろ消しているのです。誇張表現、口語的言い回し、とぼけた物言いなどが、さらりとした明るさを醸し出しています。

なお第四首の中でも、次のようにうたっています。

両鬢入秋浦　両鬢《りょうびん》 秋浦《しゅうほ》に入《い》り
一朝颯已衰　一朝《いっちょう》 颯《さつ》として已《すで》に衰《おとろ》う
猿声催白髪　猿声《えんせい》 白髪《はくはつ》を催《うなが》し
長短尽成糸　長短《ちょうたん》 尽《ことごと》く糸《いと》を成《な》す

このように、李白の愁い表現は、どこか透明な印象をうけます。また次のような句もあります。

抽刀断水水更流　刀《かたな》を抽《ぬ》いて水を断《た》てば水更《みずさら》に流れ
挙杯消愁愁更愁　杯《さかずき》を挙《あ》げて愁《うれ》いを消せば愁《うれ》い更《さら》に愁《うれ》う
（「宣州の謝朓楼《しゃちょうろう》にて校書叔雲《しゅくうん》を餞別《せんべつ》す」）

一句の中に「愁」を三字使用する大胆さはよく知られた「一杯一杯復《ま》た一杯」（「山中にて幽人と対酌《たいしゃく》す」詩）の一句と同種の、李白ならではの斬新なうたい方です。リズムを楽しんでいるような愁い表現です。

「峨眉山月歌」　峨《が》眉《び》山月《さんげつ》の歌《うた》

李《り》白《はく》

峨眉山月半輪秋
影入平羌江水流
夜発清渓向三峡
思君不見下渝州

峨《が》眉《び》山月《さんげつ》 半輪《はんりん》の秋《あき》
影《かげ》は平羌江《へいきょうこう》水《すい》に入《い》りて流《なが》る
夜《よる》 清渓《せいけい》を発《はっ》して 三峡《さんきょう》に向《む》かう
君《きみ》を思《おも》えども見《み》えず 渝州《ゆしゅう》に下《くだ》る

［語釈］ ○峨眉山　四川省西部にある名山。李白は若い頃、この山で道教の修行をしたと言われている。○半輪　半円。十日前後の上弦の月についていう。あるいは、丸い月の半分が山の端に隠れているとも解する。○影　月影。月光。○平羌江　青衣《せいい》江《こう》ともいい、峨眉山の麓を過ぎ、楽山《らくざん》県に至って岷山《びんざん》に入る。○夜発　夜立ちで舟に乗る。○清渓　岷山の船着き場。○三峡　四川省東端、湖北省の境にある長江の三つの峡谷。瞿唐峡《くとうきょう》・巫峡《ふきょう》・西陵峡《せいりょうきょう》。○君　峨眉山にかかる月を「君」と呼びかけた。修辞法として月を人間に見立てる擬人法を使っている。○渝州　今の四川省重慶市。長江沿いにあって、清渓からは約四百キロ下流にあたる。

［大　意］ 郷里を離れて旅立つとき、峨眉山にかかる月影の美しさに対する哀惜の情をうたったもの。

［現代語訳］
峨眉山の山の端にかかる半円の秋の月
その月影は平羌江の流れに落ちて、水とともに流れている。
この夜、わたしは清渓から舟に乗って、三峡に向けて出発したのであるが、君の姿を見たいと思って振り返っても、（もはや）見られないままに、こうして渝州へと下っていく。

［詩体・押韻］

七言絶句。「秋」「流」「州」が韻をふむ（下平十一の「尤」韻）。

［出典］『唐詩選』巻七。『李太白文集』巻七。

［作者］

李白（七〇一〜七六二）。

［鑑賞］

李白が二十五歳の頃、はじめて蜀の地を離れて諸国遍歴の旅に出たときの詩です。清渓を夜出発した詩人は、渝州へと、さらにははるか三峡へと長江を下ろうとしています。

ここに描かれた月がどこまでも美しく感傷的であるのは、主として二つのことによります。第一点は、李白が郷里の蜀の地を離れて遠く旅立とうとしている事情によります。峨眉山の麓から平羌江を下り、清渓までやってきた。そうして今また清渓を立ち、渝州へ、さらに三峡へと向かっている、といった多くの地名の折り込みは、足取りの点検でもありますが、果てしないこれからの全国周遊の旅への思いが期待に満ちたものであることを伝えています。結句の「君」は月を擬人化した表現ですが、同時にその思いは、李白の郷里蜀の地への強い哀惜へとつながり広がっていくものなのです。李白は一生を通して二度と蜀の地を踏むことはありませんでした。第二点は、月影が川の流れとともにうたわれているところです。李白はとりわけ月と水を好んでうたった詩人でした。この詩にあっても、承句に美しく表現されています。

また、「半輪秋」という表現は、押韻の関係から「秋」としたわけですが、それにとどまらないものがあり、一句を名詞仕立てにして冒頭からムードをもりたてているのです。散文表現ではナンセンスなものですが、詩的表現ならではの巧さといえましょう。

「望廬山瀑布」

廬山《ろざん》の瀑布《ばくふ》を望《のぞ》む

李白《りはく》

日照香炉生紫煙
遙看瀑布掛前川
飛流直下三千尺
疑是銀河落九天

日《ひ》は香炉《こうろ》を照《て》らして 紫煙《しえん》 生《しょう》ず
遙《はる》かに看《み》る 瀑布《ばくふ》の前川《ぜんせん》に掛《か》かるを
飛流《ひりゅう》 直下《ちょくか》 三千尺《さんぜんじゃく》
疑《うたご》うらくは是《こ》れ 銀河《ぎんが》の九天《きゅうてん》より落《お》つるかと

〔語釈〕○廬山　江西省九江《きゅうこう》市の南にある名山。○瀑布　大滝。○香炉　香炉峰のこと。多くの峰からなる廬山の峰の一つ。香炉を想わせる形をしているところから名付けられた。○生　「紫煙」が主語。○紫煙　紫のもや。「煙」は、もや、水蒸気をいう。○看　みつめる。○掛前川　前を流れる川にさしかけたように流れ落ちる。「前川」を「長川」に作るテキストもある。その場合は、「瀑布の長川を掛くるを」と読み、滝が長い川のようにぶらさがっている意。○疑是　…かと見まごう。○九天　大空。ここでは、天が無限に高いことをいう。

〔大　意〕　旅先で廬山の香炉峰にかかる大滝の壮観を、遠近自在にながめてうたったもの。

〔現代語訳〕

日の光が廬山の香炉峰を照らし、そのあたりには紫のもやが立ちこめてきた。
はるかにながめやると、大きな滝が前を流れる川にさしかけたように流れ落ちている。
（近づいて見上げると）飛ぶかのように、真っ直ぐ、三千尺も流れ落ちてくる。
まるで銀河が大空から流れ落ちてきたのではないか、と見まごうほどだ。

【詩体・押韻】

七言絶句。「煙」「川」「天」が韻をふむ（下平一の「先」韻）。

【出典】『李太白文集』巻十九。二首あるうちの、其《そ》の二の詩。

【作者】

李白（七〇一～七六二）。

【鑑賞】

発想の奇抜さ、度肝を抜く表現、縦横の想像力が、いかにも李白らしい詩です。「香炉」から連想された「紫煙」のイメージ。白い布が上からぶら下げられたように、滝が掛けられてある、というユーモラスな言い方。「飛」「直」「三千尺」という誇張表現。天の高みから「銀河」が落っこちてくる、という圧倒感。どれをとっても、スケール大きく、驚きと生命感にあふれています。

とくに表現法で優れるのは、前半から後半へと、滝を見ている詩人の視点が移動していることです。起承の二句は、遠くから水平にながめられています。ゆったりと神秘的に、そしてユーモラスに描き出されています。続く転結の二句は、滝の真下に行って見上げています。詩人の視点は滝の下にあって、真上を仰ぎ、天の高みから垂直的に落下する滝のスピード感や量感に圧倒され続けているのです。

其の一の詩は、全二十二句の五言古詩です。冒頭の八句は次のようです。

西登香炉峰　西のかた香炉峰《こうろほう》に登《のぼ》り
南見瀑布水　南《みなみ》のかた瀑布《ばくふ》の水《みず》を見《み》る
挂流三百丈　流《なが》れを挂《か》く　三百　丈《さんびゃくじょう》
噴壑数十里　壑《たに》に噴《ふ》く　数十里《すうじゅうり》
欻如飛電来　欻《こう》として飛電《ひでん》の来《き》たるが如《ごと》く
隠若白虹起　隠《いん》として白虹《はっこう》の起《た》つが若《ごと》し
初驚河漢落　初《はじ》めは驚《おどろ》く　河漢《かかん》落《お》ちて
半灑雲天裏　半《なか》ば雲天《うんてん》の裏《うち》に灑《そそ》ぐかと

同じようにうたいながら、やはり五言と七言のリズムの違い、短い絶句と長めの古詩の緊張感の違いがあります。七言絶句には、一句のなかの大きな揺れ、起承転結による切り換えのおもしろさが読みとれることでしょう。

「早発白帝城」

早《つと》に白帝城《はくていじょう》を発《はっ》す　李《り》白《はく》

朝辞白帝彩雲間
千里江陵一日還
両岸猿声啼不住
軽舟已過万重山

朝《あした》に辞《じ》す　白帝彩雲《はくていさいうん》の間《かん》
千里《せんり》の江陵《こうりょう》　一日《いちにち》にして還《かえ》る
両岸《りょうがん》の猿声《えんせい》　啼《な》いて住《や》まざるに
軽舟《けいしゅう》　已《すで》に過《す》ぐ　万重《ばんちょう》の山《やま》

［語釈］　○早発　朝早く出発する。○白帝城　長江が四川省を出る直前の三峡にのぞむ古城。○辞　辞去する。○彩雲　美しい色の雲。ここでは、朝焼け雲。○江陵　今の湖北省江陵県。○猿声　三峡付近には、猿がことに多かった。激しく甲高い悲痛な鳴き声で知られ、旅愁を駆り立てた。○啼不住　鳴きやまない。「住」を「尽」に作る（啼いて尽《つ》きざるに）テキストもある。○軽舟　軽やかな小舟。舟足が速いことをいう。○万重山　幾重にも重なり合った山々。

［大　意］　白帝城に別れを告げて舟で長江の急流を下ったときの、軽快な旅をうたったもの。

［現代語訳］
朝早く、白帝城にたなびく朝焼け雲のあたりに別れを告げ、
千里も隔てた江陵の町へとたった一日で帰って行くのだ。
両岸の猿の鳴き声が、まだ耳に残っているうちに、
軽やかな小舟は、早くも、幾重にも重なった山々を通り過ぎて行ったのだった。

【詩体・押韻】

七言絶句。「間」「還」「山」が韻をふむ（上平十五の「刪」韻）。

【出典】『唐詩選』巻七。『唐詩三百首』巻六。『李太白文集』巻二十。

【作者】

李白（七〇一～七六二）。

【鑑賞】

この詩は、李白二十五歳のとき、はじめて蜀の地を出発した旅に際し、切り立つ両岸の絶壁に川幅を狭められた三峡の急流を下ったときの作品です。そうならば、新天地への旅にはやる気持ちが表されていることになります。またそれとは別に、承句に「還」の字が、用いられていることから、五十九歳のとき夜郎《やろう》（貴州省）に流される旅の途次、恩赦にあって再び江南に戻る際の作ともいわれています。そうなら、解放された喜びにあふれています。

いずれにしても、まことに軽快な舟旅です。承句の「千里」と「一日」との対比が、長江の流れの速さと、それに乗る舟足の軽快さを鮮やかに表現しています。白帝城から江陵までは、ほぼ東京から名古屋までくらいの距離です。転句の「啼不住」と結句の「軽舟已過万重山」は、まるで映画の一場面を観ているように、圧倒的なスピード感を体験させてくれます。猿の鳴き声を耳に残しながら、次から次へとそそり立つ岩山の間を通り過ぎていく、臨場感にあふれる表現です。また、起句の「白帝」と「彩雲」との色彩の対比も、出立を劇的なものにしています。

ところで、この舟足の軽快な速さが、詩人のこのときの旅の心情そのものとイコールだという点に注意しておきたく思います。「軽舟」と表現してあるように、事実として舟足が速いのはもちろんですが、それに乗って長江を下り降りていく詩人の心も爽快で軽やかなのです。三峡あたりの山々には、昔から猿が群がり、激しい甲高いその鳴き声は、旅人の心を「断腸の思い」にさせることで有名です。詩人は、その悲痛な猿の鳴き声までも、一種快く聞いているといえば言い過ぎでしょうか。悲痛な声を、旅情を駆り立てる一つの風物のように味わいながら、旅行きの喜びを語っているのです。

「黄鶴楼送孟浩然之広陵」

黄鶴楼《こうかくろう》にて孟浩然《もうこうねん》の広陵《こうりょう》に之《ゆ》くを送《おく》る

李《り》白《はく》

故人西辞黄鶴楼
烟花三月下揚州
孤帆遠影碧空尽
惟見長江天際流

故人《こじん》西《にし》のかた 黄鶴楼《こうかくろう》を辞《じ》し
烟花《えんか》 三月《さんがつ》 揚州《ようしゅう》に下《くだ》る
孤帆《こはん》の遠影《えんえい》 碧空《へきくう》に尽《つ》き
惟《た》だ見《み》る 長江《ちょうこう》の天際《てんさい》に流《なが》るるを

［語釈］　○黄鶴楼　今の湖北省武漢市の武昌にあった高楼。○広陵　揚州（今の江蘇《こうそ》省揚州市）の古名。○故人　昔からの友人。孟浩然を指す。○西辞　西方の地で別れを告げる。黄鶴楼のある地は、目的地広陵からはずっと西にあたる。○烟花　花がすみ。「烟」は、もや。「煙」と同じ。○孤帆　たった一艘の舟。○天際　大空の果て。

［大　意］　黄鶴楼で敬愛する先輩詩人孟浩然を見送ったときの別離の情を、スケールの大きな景に託してうたったもの。

［現代語訳］
友人の孟浩然さんは、今、ここ西にある黄鶴楼に別れを告げ、
花がもやにかすむ春三月のたけなわに、揚州に向けて下って行かれる。
孟浩然さんを乗せた一艘の小舟が、遠い影のようになったかと見る間に、やがて青空に消えてしまい、
後にはただ尽きることのない長江が、天の果てまでも流れ続いているのが見えるばかりだ。

[詩体・押韻]
七言絶句。「楼」「州」「流」が韻をふむ（下平十一の「尤」韻）。

[出典]『唐詩選』巻七。『唐詩三百首』巻六。『李太白文集』巻十三。

[作者]
李白（七〇一～七六二）。

[鑑賞]
作者李白にとって、孟浩然という詩人の存在は、単に友人にとどまる人ではありませんでした。十二歳年長の先輩詩人でもあり、郷里で生活する自由人でもあった孟浩然に対して、終生敬愛の念を抱き続けました。「孟浩然に贈る」と題された五言律詩では「吾は愛す　孟夫子《もうふうし》、風流《ふうりゅう》　天下に聞こゆ」とうたい起こされ、最後は「高山　安《いず》くんぞ仰ぐ可《べ》けんや、此《ここ》より清芬《せいふん》を揖《ゆう》す」と結んでいます。「夫子」とは、敬称です。孟浩然を「高山」としてたたえ、その清らかにすがすがしい香りに敬意を捧げようとまで言っているのです。

この孟浩然を送る送別詩では、別れた後その場にいつまでもたたずみ、無限の寂寥感に耐えているのも、別れる対象が畏敬する詩人であるからに他なりません。

詩の前半二句では別れの場面を、後半の二句では別れた後のことをうたっています。前半は三月という春たけなわの季節や、目的地揚州（広陵）という繁栄の町が喚起され、別れの気分をかき立てます。後半の二句は一転して、別れた後の情景が描かれていますが、それは単なる写生ではなく、見送る〈時間〉をそこに内在させながらうたっているのです。あなたの乗ったたった一艘の帆掛け舟だけが去っていく、その帆掛けが遠くなり、豆粒のようになるまで見ていると、いつしか見えなくなって大空の中に消えていった、その後もいつまでも長江の流れが天の果てまでとうとうと流れていくのを見続けていた。このように段階を追って描写された時間こそが、尽きせぬ思いをじっとかみしめている心の時間でもあるのです。

「清平調詞」

清平調詞《せいへいちょうし》

李《り》白《はく》

雲想衣装花想容
春風払檻露華濃
若非群玉山頭見
会向瑤台月下逢

雲《くも》には衣装《いしょう》を想《おも》い　花《はな》には容《かたち》を想《おも》う
春風《しゅんぷう》　檻《かん》を払《はら》って　露華《ろか》　濃《こま》やかなり
若《も》し群玉山頭《ぐんぎょくさんとう》にて見《み》るに非《あら》ずんば
会《かなら》ず瑤台月下《ようだいげっか》に向《お》いて逢《あ》わん

［語釈］○清平調詞　「清平調」とは、音楽の調子の名。○檻　欄干。手すり。○露華　露の光。○若非　もしも…でなかったとしても。○群玉山　仙山の一つ。西王母が居るといわれる。○会　かならず、…だ。○瑤台　五色の玉《ぎょく》でつくられた高台。仙女が居る所をいう。

［大　意］　玄宗皇帝が寵愛した楊貴妃のあでやかな美しさをうたったもの。

［現代語訳］
雲をながめるとあのお方の衣装が連想され、牡丹の花を見るとあのお方のあでやかな容姿が連想される。
春の風が欄干にさっとそよぐとき、露の光が華のようにこまやかに美しい。
（このお方のような美しい人には、）もしも群玉山のほとりで見るのでなかったら、かならず月明かりに照らされた瑤台でお逢いするであろう。

[詩体・押韻]

七言絶句。「容」「濃」「逢」が韻をふむ（上平二の「冬」韻）。

[出典]『唐詩選』巻七。『唐詩三百首』巻六。『李太白文集』巻五。三首からなる連作の其《そ》の一。

[作者]

李白（七〇一〜七六二）。

[鑑賞]

この詩の制作状況については、次のような話が伝えられています。宮廷の沈香亭《じんこうてい》に移植されていた木芍薬（牡丹の一種）が花開いたとき、玄宗は楊貴妃を伴って観賞し、宴が催されました。そのとき当時名高い歌手の李亀《りき》年《ねん》が一曲うたおうとしたとき、玄宗が「古い歌詞でうたわなくてもいいだろう」と言って、翰林供奉の李白を呼びよせたところ、李白は二日酔いから醒めてはいませんでしたが、それでも花と競う美しい楊貴妃を見て、即座に三首を作り上げたというのです。

起句はふつうなら「彼女の美しい衣装は雲のように豪華で、彼女の容姿は牡丹のようにあでやかです」と表現するでしょう。それを逆に発想させているところがまず度肝を抜かれます。後半の二句は、この世界の住人とは思えない程の美人だから、仙界の群玉山か瑤台でしか巡り会えないのだ、という意味ですが、この持って回った大仰なもの言いが楊貴妃を重々しく賛美しています。

なお、其の二と三のそれぞれの起句にも「一枝《いっし》の紅《こう》艶《えん》 露《つゆ》香《かお》りを凝《こ》らす」「名花《めいか》 傾国《けいこく》 両《ふた》つながら相歓《あいよろこ》ぶ」とうたわれています。

なお、其の二の転結の二句では

借問漢宮誰得似　借問《しゃもん》す 漢宮《かんきゅう》 誰《たれ》か似《に》るを得《え》たる

可憐飛燕倚新粧　可憐《かれん》の飛燕《ひえん》 新粧《しんしょう》に倚《よ》る

とうたっています。「飛燕」とは、美女で名高い漢の成帝の皇后で、もともとは微賤の出でした。ここの、楊貴妃を趙飛燕にたとえたことをもって、宦官の高力士《こうりきし》が楊貴妃をそしるものであると讒言したので、李白は宮中を追放されることになったといわれています。

「贈汪倫」　　李《り》白《はく》

汪倫《おうりん》に贈《おく》る

李白乗舟将欲行
忽聞岸上踏歌声
桃花潭水深千尺
不及汪倫送我情

李白《りはく》 舟《ふね》に乗《の》りて 将《まさ》に行かんと欲《ほっ》す
忽《たちま》ち聞《き》こゆ 岸上《がんじょう》 踏歌《とうか》の声《こえ》
桃花潭水《とうかたんすい》 深《ふか》さ千尺《せんじゃく》
汪倫《おうりん》の我《われ》を送《おく》るの情《じょう》に及《およ》ばず

〔語釈〕 ○贈　眼前の相手に詩をおくること。 ○汪倫　桃花潭の村人の名。おそらく村の有力者で、旅する李白の面倒を見ていた人であろう。 ○将欲　…しようとする。 ○忽聞　突然聞こえてくる。「聞」は、耳に入ってくる。 ○踏歌　足踏みしながらうたう。 ○桃花潭　今の安徽《あんき》省涇県《けいけん》の川。または、その淵の名。

〔大　意〕 見送りに来てくれた汪倫に、滞在中に受けた厚情の数々に対する感謝を伝えたもの。

〔現代語訳〕
李白が舟に乗ってこの地を出発しようとするとき、
突然、岸辺のほうからにぎやかに足を踏み鳴らしながら歌う声が聞こえてきた。
この桃花潭の水の深さは千尺もあるといわれているが、
その深さとて、汪倫がわたしを送ってくれる友情の深さにはとても及ばないのだ。

【詩体・押韻】

七言絶句。「行」「声」「情」が韻をふむ（下平八「庚」の韻）。

【出典】『李太白文集』巻十一。

【作者】

李白（七〇一～七六二）。

【鑑賞】

李白が五十五、六歳のころ、滞在していた桃花潭という川べりの村を旅立つときの作です。送別詩には、見送る人が旅立つ人に贈る場合が多いのですが、この詩は逆で、旅立つ李白が見送りに来てくれた汪倫に惜別の詩を贈っているのです。「送別詩」に対して、「留別詩」とも言います。

送別詩は即興の妙がポイントですが、この詩でも、いきなり詩の冒頭に旅立つ自分の名前を引き合いに出しているところが奇抜で、それは結句で見送ってくれる汪倫の名前を出しているのと呼応します。また、後半の二句では、滞在中にしばしば酒でもてなしてくれた汪倫の厚情に感謝し、あなたの友情の深さは千尺もあるという桃花潭の水の深さ以上のものだ、と結んでいる着想には、胸いっぱいの情が存分にこめられています。

李白は一生、思いのままに中国の各地を回った漂泊の詩人ですが、家族を引き連れ、生活苦ゆえの旅をしなければならなかった杜甫の旅とはずいぶんと性格を異にしていました。自由を求めて放浪する李白は、各地で温かな歓迎を受けたようです。この詩に登場する汪倫は、桃花潭というロマンチックな名を持つ村の人で、酒造家だったともいわれています。村の有力者だったでしょうが、貴族の権力者や名高い役人とは違う一般庶民という存在であった汪倫との、わけへだてない交遊のさまがほうふつとされます。冒頭で「李白」と切り出す口調には、親しんだ汪倫への生《なま》の声が聞こえます。なお、汪倫の子孫はその後宋代まで続きますが、汪家ではこの詩をずっと家宝として保存していたと伝えられています。

「少年行」

少年行《しょうねんこう》　李《り》白《はく》

五陵年少金市東
銀鞍白馬度春風
落花踏尽遊何処
笑入胡姫酒肆中

五陵《ごりょう》の年少《ねんしょう》　金市《きんし》の東《ひがし》
銀鞍《ぎんあん》　白馬《はくば》　春風《しゅんぷう》を度《わた》る
落花《らくか》　踏《ふ》み尽《つ》くして　何《いず》れの処《ところ》にか遊《あそ》ぶ
笑《わら》いて入《い》る　胡姫《こき》　酒肆《しゅし》の中《なか》

［語釈］　○少年行　楽府題《がふだい》の名。遊侠の若者をうたう。「少年」は、若者、青年。「行」は、うたの意。○五陵　長安の北、渭水を隔てて連なる漢の五帝の御陵《みささぎ》。このあたりには、富豪貴族の邸宅が多く、また遊侠のボス的人物が沢山の子分をかかえて大勢住んでいたともいわれる。○年少　「少年」に同じ。○金市　長安の西市。「金」は、西の方角を示す。ここは、外国商人が多く住み、珍しい商品を売る商店街として、にぎやかであったと言われる。○度春風　春風の中を通り過ぎてゆく。○胡姫　イラン系の美人。酒場に雇われ、歌ったり舞ったり、酌をした。○酒肆　酒場。

［大　意］　遊侠の若者の、屈託のない明るい姿をうたったもの。

［現代語訳］
五陵に住む若者たちが、金市の東の盛り場で、
銀の鞍をおいた白馬にまたがって、春風の中を通り過ぎてゆく。
落花を踏みにじって、どこへ遊びに行こうとするのか。
胡姫のいる酒場の中へと笑いながら繰り込んでゆく。

［詩体・押韻］

七言絶句。「東」「風」「中」が韻をふむ（上平一の「東」韻）。

［出典］『李太白文集』巻六。

［作者］

李白（七〇一〜七六二）。

［鑑賞］

「少年行」という楽府題にならって、五陵に住む富豪の子弟をうたった詩です。「春風を度る」姿や、笑いて酒場に入ってゆく姿に、若者の屈託のない明るさがよく表現されています。遊侠に走る若者を非難する道徳臭はもちろんなく、任侠精神の基底にある世俗への反撥といった要素もありません。ただただ屈託ない明るい若者の爽やかな姿が目に浮かび印象的です。爽快ですらあります。李白自身も任侠の徒と交わる日々を過ごしたこともありました。詩に描かれた若者に、若かりし頃の李白の姿を連想してもいいでしょう。

ところでこの詩の表現上の特色は、華やかな雰囲気を醸し出す多くの言葉にあります。春風・落花のイメージ、金・銀・白の色彩、重ねてエキゾチックな胡の舞姫の登場といった具合に、二十八文字の中で存分に盛り込まれた華やかな言葉が、この詩の主題の背後に横たわり、主題を盛り上げているのです。

なお、「少年」の語は、現在日本語として使用されている少年の意より、少し年長を意味します。北宋の朱熹《しゅき》（一一三〇〜一二〇〇）は朱子学の祖ですが、彼の作かのように伝わる有名な「偶成《ぐうせい》」の七言絶句があります。その前半二句に「少年易老学難成、一寸光陰不可軽」（少年老い易く学成り難し、一寸の光陰《こういん》軽んず可《べ》からず）と時をのがさず勉学を勧めています。ここでいう「少年」も、まだ学問に志していない少年なのではなく、青春のとば口に立つ若者と解するべきでしょう。

「送友人」

友人《ゆうじん》を送《おく》る

李《り》白《はく》

青山横北郭
白水遶東城
此地一為別
孤蓬万里征
浮雲遊子意
落日故人情
揮手自茲去
蕭蕭班馬鳴

青山《せいざん》 北郭《ほっかく》に横《よこ》たわり
白水《はくすい》 東城《とうじょう》を遶《めぐ》る
此《こ》の地《ち》 一《ひと》たび別《わか》れを為《な》し
孤蓬《こほう》 万里《ばんり》に征《ゆ》く
浮雲《ふうん》は遊子《ゆうし》の意《い》
落日《らくじつ》は故人《こじん》の情《じょう》
手《て》を揮《ふる》いて茲《ここ》自《よ》り去《さ》れば
蕭蕭《しょうしょう》として班馬《はんば》鳴《な》く

〔語釈〕 ○北郭　町の北。「郭北」と同じ。「郭」は城壁の外、町の周囲にめぐらされた防壁。 ○白水　白く輝く川。 ○東城　町の東。「城東」に同じ。韻の関係で、「東城」とした。 ○孤蓬　風に吹きちぎられてまろび飛ぶ蓬《ほう》の草。中国の蓬は、枯れると根元から抜け、風に吹かれて飛んで行く。だから、孤独なさすらいの姿によくたとえられる。「よもぎ」ではない。 ○浮雲　ここでは、定住性がなくあてどない身の象徴。 ○遊子　旅人。 ○落日　ここでは、別れのさびしさの象徴。 ○故人　古くからの友人。ここでは前の句の「遊子」と対になっているので、「故人」は、旅行く人の友人、つまり作者自身のことを言っている。 ○蕭蕭　馬のさびしくいななく声の形容。 ○班馬　別れをためらう馬。「班」は、ためらって進まない意をあらわす。

[大　意]　友人の旅立ちを送るときの、つきせぬ悲しみの情をうたったもの。

[現代語訳]

（君を見送るため郊外まで来てみると）青い山なみが町の北方に横たわり、白く輝く川が町の東をとりまいている。今やここで君は私と別れて、風に吹きちぎられて飛ぶ蓬《ほう》の草のように、たった一人万里のかなたへと旅立ってゆく。

空に浮かぶ雲は、旅人である君の心、あかあかと沈みゆく夕日は、友人である私の気持をあらわしている。

手をふりながら、ここから立ち去ってゆこうとすると、ひひいーん、ひひいーんと、別れをためらう馬までがまことにさびしげにいななく。

[詩体・押韻]

五言律詩。「城」「征」「情」「鳴」が韻をふむ（下平八「庚」の韻）。

[出典]「唐詩選」巻三。『唐詩三百首』巻四。『李太白文集』巻十五。

[作者]

李白（七〇一～七六二）。

[鑑賞]

この詩の別れは、友人との別れというだけで、具体的に友人が誰をさすのか分かりません。また、別れの場が郊外というだけで、具体的な地名も分かりません。したがって、多くの送別の詩と比べて別れの感傷がそれほど表面に出ず、また深刻な事情が背後にあるわけでもないのでしょう。しかしそれでいて言外に別れの思いがしみじみと伝わってくるのは、別れのかなしみを実景に象徴させることによって、自然の中で生息する安らぎにも似た、つきせぬ思いを自然と共に確かめる内的時間を詩のなかに獲得しえているからです。それは律詩における対句の効果によるところが大きいのです。律詩にあっては中の二聯（第三句と第四句、第五句と第六句）が必ず対句でなければなりません。ですから、この詩のように第二聯を対句にしないのは破格です。その分対句にしなくてもいい第一聯を対句にして、大きな景を印象づけています。青と白の色彩の対比に加えて、情景が実に大らかで、平面的にゆったりと息づいて把握されています。とりわけ「横」とか「遶」とかの動詞に詩人の心の余裕といったものがうかがえます。次に第三聯の対句は一見さらりと表現されているようでいて、並みの巧みさではありません。単なる情景でも比喩でもなく、実景であると共に別れの情でもある対句になりえています。特に「落日」に送別の情を象徴させるところが情景まで目に見えるようです。

以上対句だけでなく、結びの余情の示し方も抑制がきいています。また「此の地」とか「茲より」とか場所の提示によって、あくまでも別れの場面に読み手を引きよせようとする点など、作者の工夫がみられるのです。

同じ李白の、「黄鶴楼にて孟浩然の広陵に之くを送る」詩と比べると面白いでしょう。

なお、李白は絶句、とりわけ七言絶句を得意とした詩人です。杜甫が律詩、とりわけ七言律詩を得意としたことと比べられることも多いのです。明《みん》の胡応麟《こおうりん》は『詩《し》藪《そう》』のなかで「太白の諸絶句は、口に信《まか》せて成る。所謂《いわゆる》工《こう》に意に無くして、工ならざるは無き者なり」（上手であろうと意識せず、しかも上手でないものはない、というものだ）と言っています。その李白には珍しい五言律詩でこの詩はうたわれています。前述しましたように、当然第二聯が対句表現になるべきなのですが、そうせずに第一聯を対句にして、言ってみれば対句を先取りしているのです。このような対句構成を偸春対《とうしゅんつい》といったりしますがそれはともかくとして、この詩でも胡応麟が七絶について言った「口に信せて成る」かのような第三聯は、実は「工に意に無くして、工ならざるは無き者」にほかなりません。

「登兗州城楼」

兗州《えんしゅう》の城楼《じょうろう》に登《のぼ》る

杜甫《とほ》

東郡趨庭日
南楼縦目初
浮雲連海岱
平野入青徐
孤嶂秦碑在
荒城魯殿余
従来多古意
臨眺独躊躇

東郡《とうぐん》 庭《にわ》に趨《は》するの日《ひ》
南楼《なんろう》 目《め》を縦《ほしい》ままにする初《はじ》め
浮雲《ふうん》 海岱《かいだい》に連《つら》なり
平野《へいや》 青徐《せいじょ》に入《い》る
孤嶂《こしょう》には 秦碑《しんぴ》 在《あ》り
荒城《こうじょう》には 魯殿《ろでん》 余《あま》す
従来《じゅうらい》 古意《こい》 多《おお》し
臨眺《りんちょう》して 独《ひと》り躊躇《ちゅうちょ》す

［語釈］ ○兗州 山東省西部の町。このとき、父の杜閑が赴任していた。○城楼 町を囲む城壁に建つ高殿。○東郡 郡の名。兗州はその郡に属していた。○趨庭 庭を走り回る。孔子の子孔鯉《こうり》が庭を趨って通り過ぎたとき、孔子が詩（詩経）と礼とを勉強するように諭したこと（『論語』季氏篇）から、子供が父から教えを受けることをいう。○南楼 兗州の城楼のうち、南の城楼。○縦目 眺めをほしいままにする。存分に眺め渡す。○海岱 東海と泰山。岱は、泰と同じ。○青 青州（山東省）と徐州（江蘇省）。兗州の北と南をいう。○孤嶂 まわりに高い山がなくそこだけがそびえる屏風山。兗州の東南の嶧山《えきざん》をいう。○秦碑 秦の始皇帝（在位：前二二一～前二一〇）が巡遊のおり、山上に秦の徳を記して建てた石碑。○荒城 昔日の面影がなくいまは荒れはてた町。○魯殿 漢の景帝の子、魯の共王（劉余）が建てた霊光殿をさす。○従来 これまで。○古意 懐古の思い。○臨眺 高殿に登って、目の前の景色を眺め渡す。○躊躇《ちゅうちょ》 ためらう。

［大　意］　旅行先の兗州の町の城楼にのぼって、広々とした情景を見渡しながら、歴史的な思いを深くしたことをうたったもの。

［現代語訳］

東郡の地に父を訪ねて、教えをうける日々を過ごしていたが、（今日は）南の城楼にのぼって、存分に見晴るかした眺望のはじめの、なんとすばらしいことよ。

空に浮かぶ雲は、東海の方や泰山の彼方までつらなり、平野は青州と徐州の方まで入りこんでいる。

ひとつだけ突っ立つ嶧山《えきざん》には秦の始皇帝が建てた石碑がいまなお残っていて、いまではさびれた町には魯王の霊光殿があとをとどめている。

わたしはこれまでも懐古の思いにひたることが多かったが、こうして城楼に登って見渡していると、ひとり立ち去りがたいのだった。

［詩体・押韻］

五言律詩。「初」「徐」「余」「躇」が韻をふむ（上平六の「魚」韻）。

［出典］『唐詩選』巻三。『杜工部集』巻九。

［作者］

杜甫（七一二〜七七〇）、字は子美《しび》。襄陽（湖北省）の人。洛陽の東の鞏《きょう》県（河南省）の生まれ。若い頃は東の斉・魯、南の呉・越を遍歴して見聞を広め、三十三歳頃には李白や高適《こうせき》と山東地方を旅した。なかなか科挙に合格せず、やっと天宝十四載（七五五）四十四歳のときに右衛率府冑曹参軍《うえそっぷちゅうそうさんぐん》となるも、安禄山の乱がおこり、一時賊軍によって長安に身柄拘束された。長安を脱出し、粛宗の行在所《あんざいしょ》に駆けつけ、左拾遺を授けられたが、批判精神のために煙たがられ、官軍が長安を奪還した後は地方に左遷された。やがて官をやめ（一説に、やめさせられ）家族を引き連れての流浪の後半生を送った。秦州（甘粛省）から成都（四川省）に行って数年間を過ごし、やがて長江を下り、夔州《きしゅう》（四川省）に三年弱流寓、さらに洞庭湖から南一帯を行き来して、衡州《こうしゅう》（湖南省）あたりで病没した。李白と共に「李杜」と併称された。古詩による批判精神の強い社会詩と、七言律詩を完成させた芸術性とから、後世「詩聖」と言われて大いに尊敬された。

［鑑賞］

この詩は現存する杜甫の詩では初期の作品に属するものです。父の赴任地がかつて魯と称された地であったことから、孔子の故事が効果的に用いられています。第三句と第四句、第五句と第六句それぞれの対句にも非凡な構成力がうかがわれます。

なお、兗州の地では「房兵曹《ぼうへいそう》の胡馬《こば》」と題する五言律詩も作っています。兵曹参軍事の任にあった房某の所有していた西方の大宛（中央アジアにあった国）産の馬を描写したものです。その角張ってよく引き締まった骨組みをいう第三句と第四句の対、

竹批双耳峻　竹《たけ》批《そ》ぎて　双耳《そうじ》　峻《そばだ》ち
風入四蹄軽　風《かぜ》入《い》りて　四蹄《してい》　軽《かる》し

両の耳は竹をそいだようにそばだち、四つの蹄は風を吸い入れて軽々と走っていく。

さらにそれに続く第五句と第六句の対では、

所向無空闊　向《むか》う所《ところ》　空闊《くうかつ》　無《な》く
真堪託死生　真《しん》に死生《しせい》を託《たく》するに堪《た》う

この馬の突き進むところはつぎつぎと空間は征服されてなくなる。こんなにすばらしい馬だから、本当にこの馬に死生を預けてもいいのだ。

という。このような切れ味鋭い胡馬の描写は的確な対句仕立てから来るものですが、それは他でもない、詩人の若いエネルギーと嗜好を物語っているのです。杜甫は一生憂うと言われた詩人ですが、この青年期の客気と剛毅、世界に羽ばたかんとする意気込みも見落とすことはできません。

なお、以下の杜甫の詩は編年で読んでいきたいと思います。李白の場合は詩体別にしておきましたが、杜甫の場合は制作年代が知られ、その生涯と詩の様相とが密接に関わっているような詩人であるからです。

「月　夜」

月夜《げつや》

杜甫《とほ》

今夜鄜州月
閨中只独看
遥憐小児女
未解憶長安
香霧雲鬟湿
清輝玉臂寒
何時倚虚幌
双照涙痕乾

今夜《こんや》　鄜州《ふしゅう》の月《つき》
閨中《けいちゅう》　只《た》だ独《ひと》り看《み》るならん
遥《はる》かに憐《あわ》れむ　小児女《しょうじじょ》の
未《いま》だ長安《ちょうあん》を憶《おも》うを解《よ》くせざるを
香霧《こうむ》に　雲鬟《うんびん》　湿《うるお》い
清輝《せいき》に　玉臂《ぎょくひ》　寒《さむ》からん
何《いず》れの時《とき》か　虚幌《きょこう》に倚《よ》り
双《なら》び照《て》らされて　涙痕《るいこん》　乾《かわ》かん

［語釈］　○鄜州　今の陝西《せんせい》省鄜県。長安のはるか二百キロも北にあり、杜甫は安禄山の乱を避け、家族を疎開させていた。○閨　妻の部屋。疎開先の家の部屋をいう。○看　じっと見る。まじまじと見つめる。○小児女　幼い二人の息子と娘たち。○未解　（幼いので）まだその能力を持ち合わせていない。○憶長安　長安にいる父親のことを推し量って気遣う。○香霧　かぐわしい夜霧。○雲鬟　雲なす豊かなまげ。髪の容量が豊かであることをいう。○湿　ぬれたようにしっとりと光る。○清輝　清らかな月光。○玉臂　玉《ぎょく》のようにつややかな腕。○虚幌　人気《ひとけ》のない部屋のカーテン。○双照　夫婦二人で月光に照らされる。○涙痕　ここでは、再会を喜ぶうれし涙のことを言う。

［大　意］　長安に監禁されていた作者が、月光を通して遠く疎開先の妻子を思いやり、再会のときを想像してうたったもの。

［現代語訳］

今夜、この長安で見あげる月は、妻のいる鄜州の地をも照らしているはずである。妻は部屋からたった一人でさびしくじっと見つめていることであろう。
自分にとって、はるかに遠くふびんに思われてならないのは、幼い息子や娘たちが、長安で父がどうしているか、父の身を想うことさえまだできないということだ。
かぐわしい夜霧に、妻の雲なす豊かなまげはしっとりとぬれ、清らかな月の光に、妻の玉のように艶やかな腕《かいな》はひんやり白く光っていることだろう。
いったいいつになったら、人気のない部屋のとばりに身を寄せながら、妻と自分と二人並んで月の光に照らされ、再会のうれし涙の痕《あと》が乾くまで語りつくすことができるだろうか。

［詩体・押韻］
五言律詩。「看」「安」「寒」「乾」が韻をふむ（上平十四の「寒」韻）。

［出典］『唐詩三百首』巻四。『杜工部集』巻九。

［作者］
杜甫（七一二〜七七〇）。

［鑑賞］
七五五年范陽《はんよう》（北京あたり）で反乱ののろしを上げた節度使の安禄山（七〇五〜七五七）は、一気に洛陽を落として、翌年正月に大燕皇帝と自称し、六月には長安を占領しました。その前夜都を逃げ出した玄宗皇帝は途中の馬嵬《ばかい》（陝西省）で部下の要求をのみ楊貴妃を殺し蜀に逃れていきました。一行のうち、太子李亨《りこう》は北に逃れ、八月霊武（寧夏省）で即位して粛宗となります。
いっこう科挙に合格できずに浪人生活を送っていた杜甫は四十四歳のときやっと右衛率府《うえそっぷ》冑曹参軍《ちゅうそうさんぐん》という下級官吏になりますが、安禄山の挙兵と前後して危機を察して長安から北の奉先《ほうせん》（陝西省）、さらに鄜州《ふしゅう》（陝西省）へと家族を疎開させました。その地で長安陥落を聞いた杜甫は、すぐに鄜州から、粛宗の行在所に単身駆けつけようとしましたが、その道中に賊軍に捕えられ、長安に送られて監禁されたのでした。利用価値のない小役人でしたから、身柄拘束程度でしたが、翌年の春に脱出に成功するまでとにかく城内から出ることを許されない状態でした。

「月夜」の詩は、賊中に身柄拘束されていた極限状況の中で、妻子を心配し思いやる詩です。月光を通して妻子をありありと想像する、まことに細やかな心情が吐露されています。お前も見ているに違いないと、ともに現在生きていることを信じさせてくれる月あかりなのです。もちろんこの共に生きてあるという感情が、と同時に現在の隔たりを強く意識させることにもなります。そのような不安と辛酸を自ら慰めんとするかのように、より一層妻子を細やかにありありと想いやるのです。その場合、自分が妻子を想いやる、というふうに表現するのでなく、妻が自分のことをどのように想いやっているか、また、子供たちが父の身を思いやることはできないほど頑是ない、と想像し強調します。読む者は顔を曇らせている母親のそばではしゃいでいる子供たちをイメージするでしょう。

第二聯の対句は流水対《りゅうすいつい》といって、一見対句でないような句の構成に見えますが、上の句と下の句とが関連して一つの意味を伝えているのです。第三聯の対句は、それに比べてわかりやすく、厳整な対句です。第五句の妻のしっとりとした豊かな髪の美しさ、第六句の妻の腕がひんやりと冷たく光る妖しさとが、作者のおかれている状況の厳しさを基底にしつつも、浪漫的に響いてくるところにも、作者の表現力に驚嘆させられます。そのように女性美を喚起するものですから、より切なさも駆り立てられるのです。

また同じ時期に、鄜州の地に妻と共にいたまだ幼い次男を思いやって作ったのが「憶幼子」（幼子《ようし》を憶《おも》う）五言律詩です。

驥子春猶隔　驥子《きし》は春《はる》に猶《な》お隔《へだ》たり
鶯歌煖正繁　鶯歌《おうか》は煖《あたた》かにして正《まさ》に繁《しげ》し
別離驚節換　別離《べつり》して　節《せつ》の換《かわ》るに驚《おどろ》き
聡恵与誰論　聡恵《そうけい》　誰《たれ》と与《とも》に論《ろん》ぜん
澗水空山道　澗水《かんすい》　空山《くうざん》の道《みち》
柴門老樹村　柴門《さいもん》　老樹《ろうじゅ》の村《むら》
憶渠愁只睡　渠《かれ》を憶《おも》い　愁《うれ》いて只《ひたす》ら睡《ねむ》る
炙背俯晴軒　背《せ》を炙《あぶ》りて晴軒《せいけん》に俯《ふ》す

次男の驥子（宗武の幼名）は春になってもなお遠い地におり、うぐいすの歌声は暖かくなるにつれて今がさかりだ。

別れてから時節はびっくりするくらいめぐり去ったが、大きくなっただろうお前の賢さをともによろこんで語り合う妻もそばにない。
疎開地では、人も通らない山べの道沿いに谷川が流れ、老木の茂る村でみすぼらしい門がまえの家で生活しているだろう。
お前のことを思って心配ばかりしているわたしは、しかし居眠りをするしかなく、時には晴れた日、春の陽ざしに背を焼かれながらうつぶせている。

杜甫には二人の息子、宗文と宗武のほかに、三人の女の子がいました。そのうち一人の幼子が、「月夜」の詩を書いた前年に亡くなっています。それも疎開先の奉先県での飢え死でした。「自京赴奉先県詠懐五百字」（京《けい》より奉先《ほうせん》県に赴くときの詠懐《えいかい》 五百字）の詩の中で、家族を見舞って奉先県にやっとたどり着いたときを、次のようにうたっています。

入門聞号咷　門《もん》に入《い》れば号咷《ごうとう》（泣きさけぶ声）聞《き》こゆ
幼子飢已卒　幼子《ようし》の飢《う》えて已《すで》に卒《しゅっ》せしなり
吾寧捨一哀　吾《われ》は寧《なん》ぞ一哀《いちあい》を捨《おし》まんや
里巷亦嗚咽　里巷《りこう》（村人たち）も亦《ま》た嗚咽《おえつ》す
所愧為人父　愧《は》づる所《ところ》は人《ひと》の父《ちち》と為《な》り
無食致夭折　食無《しょくな》くして夭折《ようせつ》を致《いた》せしなり

ところで、翌年（七五七年）四月に長安を脱出する直前の春三月に読まれたのが、よく知られた「春望《しゅんぼう》」の五言律詩です。

国破山河在　国破《くにやぶ》れて 山河《さんが》 在《あ》り
城春草木深　城春《しろはる》にして 草木《そうもく》 深《ふか》し
感時花濺涙　時《とき》に感《かん》じては 花《はな》も涙《なみだ》を濺《そそ》ぎ
恨別鳥驚心　別《わか》れを恨《うら》みては 鳥《とり》も心《こころ》を驚《おどろ》かす
烽火連三月　烽火《ほうか》 三月《さんがつ》に連《つら》なり
家書抵万金　家書《かしょ》 万金《ばんきん》に抵《あた》る
白頭掻更短　白頭《はくとう》掻《か》けば 更《さら》に短《みじか》く
渾欲不勝簪　渾《す》べて簪《しん》に勝《た》えざらんと欲《ほっ》す

第二聯と第三聯はもとより、第一聯も見事な対句で、人口に膾炙することにかけては杜甫の詩の中でも一番でしょう。「国破れて」に対応するのが、「城春にして」ですから、実は「春」は述語として働いているのです。つまり「春めく」という動詞なのです。

「喜達行在所」

喜《よろこ》びて行在所《あんざいしょ》に達《たっ》す

杜甫《とほ》

西憶岐陽信
無人遂却廻
眼穿当落日
心死著寒灰
霧樹行相引
蓮峰望忽開
所親驚老痩
辛苦賊中来

西《にし》のかた 岐陽《きよう》の信《しん》を憶《おも》うに
人《ひと》の 遂《か》くて却廻《きゃくかい》する無《な》し
眼《め》は穿《うが》たれて 落日《らくじつ》に当《あ》たる
心《こころ》は死《し》して 寒灰《かんばい》に著《つ》く
霧樹《むじゅ》 行《ゆ》くゆく相引《あいひ》き
蓮峰《れんぽう》 望《ぼう》 忽《たちま》ち開《ひら》く
所親《しょしん》 老痩《ろうそう》に驚《おどろ》き
辛苦《しんく》 賊中《ぞくちゅう》より来《き》たれり

［語釈］ ○行在所　安禄山の軍勢が長安に侵入する直前、玄宗は長安を捨て成都に向かったが、その長子太子李亨《りこう》ははるか北の霊武（寧夏省）に行き、即位して粛宗となった。その後まもなく長安の西の鳳翔《ほうしょう》（陝西省）に行在所（仮の宮中）をおいて、長安奪還を図っていた。○岐陽　岐山《きざん》の南。鳳翔を指す。○信　便り。情報。消息。○却廻　長安から鳳翔に逃げて、その情報をもってまた長安に戻ってくる。○穿　穴があく。○著寒灰　火の気のない冷たい灰に埋もれる。○相引　わたしを導いてくれる。○蓮峰　蓮華の形をした山。どこの山を指すかは異説が多い。○所親　旧知の人たち。「所」は人。

［大　意］　長安城から脱出して、西に向かって鳳翔にあった粛宗の行在所にたどり着いた喜びをうたったもの。

［現代語訳］

長安から西の方、岐陽からの消息が届けられるのを思いつめた毎日であったが、長安から脱出に成功し、そうしてその情報を伝えてくれるという人もいなかった。

賊中に囚われているわたしは目に穴が開くほど西に落ちてゆく太陽を見つめる毎日で、心は死んで冷え切った灰にうずもれていた。

（思いを決して長安城をぬけ出た。その道中）霧の中からつぎつぎとあらわれる並木が行く手を開いてくれ、蓮峰の眺望が突然目の前に開けたのだった。

（こうして今たどり着けたのだったが、やってきたわたしを見ては）親しい人たち皆がわたしの年老い痩せてしまっているのにびっくりしている。なにせ苦しみぬいて賊軍の中から逃れてきたのだから。

［詩体・押韻］

五言律詩。「廻」「灰」「開」「来」が韻をふむ（上平十の「灰」韻）。

［出典］『杜工部集』巻十。三首の連作の其《そ》の一の詩。

［作者］

杜甫（七一二〜七七〇）。

［鑑賞］

粛宗が霊武から長安のすぐ西の鳳翔まで回復し、その地に行在所をおいて安禄山の軍と戦いを続けていました。長安の城内に軟禁状態であった杜甫は、ある日意を決して長安城から西に脱出することに成功し、夜を徹して間道を通り、苦労して鳳翔にたどり着きました。詩はそのときの道行きとたどり着けた手放しの喜びとを三首の連作にうたったものです。

第一首目の構成は前半で、長安で鳳翔の情報を知ろうとしたが得られないことにいらだつ日々、死んだも同然の現状をうち破らんと必死に鳳翔に思いを託していたことをうたいます。後半は、ある日脱出を敢行し、道々苦労しながら山や眺望に導かれるようにして進み、鳳翔にたどり着いたとき、見知った人たちがよれよれに老いた姿で逃げてきた自分に驚いたことが述べられています。苦難の時代を共有する人たちの再会の喜びは一入だったのです。

其の二では、第二聯で

生還今日事　生還《せいかん》　今日《こんにち》の事《こと》
間道暫時人　間道《かんどう》　暫時《ざんじ》の人《ひと》

と、生きてたどりつけることが、苦労して裏街道を逃げていたときには信じられない程だったとうたい、また結びで、

喜心翻倒極　喜心《きしん》　翻倒《ほんとう》して極《きわ》まり
嗚咽涙沾巾　嗚咽《おえつ》しては涙《なみだ》は巾《きん》を沾《ぬ》らす

と喜びと涙にくれることを感動的にうたっています。

其の三の前半四句にも次のようにうたっています。

死去憑誰報　死《し》し去《さ》らば誰《たれ》に憑《よ》りてか報《ほう》ぜん
帰来始自憐　帰《かえ》り来《き》たりて始《はじ》めて自《みずか》ら憐《あわ》れむ
猶瞻太白雪　猶《な》お瞻《み》る　太白《たいはく》の雪《ゆき》
喜遇武功天　遇《あ》うを喜《よろこ》ぶ　武功《ぶこう》の天《てん》

途中でもし殺されていたならば誰がいったい私のことを知らせてくれただろうか。
いま行在所にたどり着いてはじめて生きてあることをありがたく思う。
太白山の雪をずっとふり仰ぎながら走り、
鳳翔にすぐ近い武功の地の大空にめぐりあえたときのうれしさは言いようもない。

杜甫はこの脱出行を評価され、左拾遺という天子のご意見番のような諫官に任命されます。批判精神の強い杜甫には打ってつけの官職でした。彼は早速任務に忠実に敗戦の責任を問われた宰相の房琯《ぼうかん》を弁護しますが、そのことがかえって粛宗の怒りを買います。それ以後杜甫は遠ざけられることになります。まもなく官軍は長安を回復しますが、家族を疎開先から連れ帰っていた杜甫は華州（陝西省）の司功参軍に左遷されてしまいます。役目として長安と洛陽を行き来するとき、戦乱の惨状をうたったのが五言古詩の「三吏三別《さんりさんべつ》」という社会詩の傑作です。それらは歴史書以上に当時の戦乱の時代を写し取ったものとして「史詩」（詩で証言された当代詩）と称されることになるのです。

「秦州雑詩」

秦州雑詩《しんしゅうざつし》　杜甫《とほ》

鼓角縁辺郡
川原欲夜時
秋聴殷地発
風散入雲悲
抱葉寒蝉静
帰山独鳥遅
万方声一概
吾道竟何之

鼓角《こかく》　縁辺《えんぺん》の郡《ぐん》
川原《せんげん》　夜《よる》ならんと欲《す》る時《とき》
秋《あき》に聴《き》けば　地《ち》を殷《どよ》もして発《おこ》り
風《かぜ》に散《さん》じては　雲《くも》に入《い》りて悲《かな》し
葉《は》を抱《いだ》ける寒蝉《かんせん》は静《しず》かに
山《やま》に帰《かえ》る独鳥《どくちょう》は遅《おそ》し
万方《ばんぽう》　声《こえ》は一概《いちがい》なり
吾《わ》が道《みち》　竟《つい》に何《いず》くにか之《ゆ》かん

〔語釈〕　○秦州　今の甘粛省天水市。　○雑詩　自己の感慨を直接述べた詩。「詠懐」と同じ意味合いの詩題として使われる。　○鼓角　兵隊のならす太鼓と角笛。　○縁辺　国境を縁どるようにある地域。　○川原　川を挟んで広がる平原。　○欲　…になろうとしている。状態をいう。　○殷地発　雷が大地を揺るがすように響きわたる。　○入雲　高くのぼって雲間に消える。　○抱葉寒蝉静　秋が深まって蝉が木の葉に抱かれるようにして動かない。　○万方　すべての方角に。どこもかしこも。　○一概　一様に。　○竟　最後には。

〔大　意〕　家族をつれてやってきた秦州の地も、戦乱の響きが消えないことに怯え、どこへ行けばよいのか、とたたずむ気持ちを絶望的にうたったもの。

〔現代語訳〕

国境のまちにも太鼓や角笛の音がとどろき、川を挟んで広がる平原に夜がせまりよる。

季節は秋、雷が大地を揺り動かすように鼓角の音が響きわたるのを耳をすませて聴いていると、それは風に吹き散らされて高く高く雲間に入り込んで、悲しい音を立てている。

晩秋の蝉がじっと木の葉を抱きかかえるようにして木にしがみつき、群れを離れたのか、一羽の鳥が歩み遅く山に帰っていくのが見える。

天下どこへ行ってもどこもかしこ、一様に鼓角の音ばかり、結局のところ、わたしはいったいどこへ行けばよいというのか。

[詩体・押韻]

五言律詩。「時」「悲」「遅」「之」が韻をふむ（上平四の「支」韻）。

[出典]『杜工部集』巻十。二十首連作の其《そ》の四の詩。

[作者]

杜甫（七一二〜七七〇）。

[鑑賞]

乾元元年（七五八）左拾遺から、華州の司功参軍に出された杜甫は、洛陽との行き来で目にした農民の悲惨な生活を告発する「三吏三別《さんりさんべつ》」の社会詩（五言古詩）を残しました。やがて近畿一帯に大飢饉があり、食べる道を求めて翌年七月官吏を棄て、家族を引き連れて、弟の一人がいた西の秦州に向かいます。一説には「三吏三別」を書いたために辞めさせられたとも言われています。そこでの様々な思いを五言律詩の連作として書き留めたのが、「秦州雑詩二十首」でした。其の一の詩は冒頭で

満目悲生事　満目《まんもく》 生事《せいじ》を悲《かな》しみ
因人作遠遊　人《ひと》に因《よ》りて遠遊《えんゆう》を作《な》す

どこを見ても目に触れるのは悲しい暮らしぶりばかりだ。

わたしは人を頼ってこうして遠くへと旅していった。

といい、末尾で

西征問烽火　西征《せいせい》して烽火《ほうか》を問《と》い
心折此淹留　心《こころ》は折《お》れて此《ここ》に淹留《えんりゅう》す

西に向かいどこまで行けば戦争の烽火が無いかと問い続け、こうして心もすっかり砕けてここ秦州に逗留することになったのだった。

と語っています。

右の詩はその四首目にあたります。逃れるように戦争のないところを求めてたどり着いた地であったが、ここもまた、鼓角の音がとどろく地でしかなかったのだと、深い嘆きがうたわれています。初めの二句ともに、体言止めになっていて、期待してやってきた秦州もまた戦乱の様相を呈しているのか、との落胆の情が強調され、一首全体を暗く蔽っています。続く二つの聯の対句は秀逸です。空間全体をとどろかせ、天空高く不穏な風が舞い揚がります。その中にあってひたすら身を小さくして自分を守っては必死に堪えている秋蝉や、群れを離れて歩みののろい鳥には、言うまでもなく詩人の姿が象徴されています。一体どこへ行けば、身の休まるところはあるというのか、詩人の悲痛な嘆き声は、家族を引き連れての、戦乱を逃れ食を求めての旅であることをあらためて想起させるものです。

それでも秦州の町の郊外の東柯谷《とうかこく》に一時居を定めようとしたことが、其の十六の詩にかかれています。

東柯好崖谷　東柯《とうか》は好《よ》き崖谷《がいこく》にして
不与衆峰群　衆峰《しゅうほう》と群《ぐん》せず
落日邀双鳥　落日《らくじつ》 双鳥《そうちょう》を邀《むか》え
晴天養片雲　晴天《せいてん》 片雲《へんうん》を養《やしな》う
野人矜検絶　野人《やじん》は検絶《けんぜつ》なるを矜《ほこ》り
水竹会平分　水竹《すいちく》は平分《へいぶん》するに会《かな》う
採薬吾将老　薬《くすり》を採《と》りて 吾《われ》は将《まさ》に老《お》いんとす
児童未遣聞　児童《じどう》には未《いま》だ聞《き》か遣《し》めず

なかなかの景観にほっとし、夕日が連れ立つ鳥を迎え、晴天がちぎれ雲をはぐくんでいるとは、放浪するわが身わが家族の抽象としてとらえています。土地の人たちが険しい地勢にも満足して暮らしているのに接し、自分もまた谷川と竹林が調和するこの村はずれで、薬草を採取して暮らしを立ててゆこうとまで言っているのです。

しかし永住しようとしていた秦州の地でしたが、一ヶ月余の滞在の後、また旅立ち、同谷《どうこく》（甘粛省）をへて、さらに剣閣《けんかく》越えをして蜀の成都（四川省）にたどり着いたのは、同年の十二月のことでした。

「絶　句」　絶句《ぜっく》　杜甫

江碧鳥逾白
山青花欲然
今春看又過
何日是帰年

江《こう》 碧《みどり》にして 鳥《とり》 逾々《いよいよ》白《しろ》く
山《やま》 青《あお》くして 花《はな》 然《も》えんと欲《ほっ》す
今春《こんしゅん》 看《みすみ》す 又《また》過《す》ぐ
何《いず》れの日《ひ》か 是《こ》れ帰年《きねん》ならん

［語釈］ ○江　大川。○碧　エメラルド色。濃い緑。○逾々　ますます。○欲　…しそうだ。○然　燃と同じ。○看　みるみるうちに。目のあたりに。○何日是帰年　いつの日帰れるだろうか。「是」は、be動詞の役割をはたす。「帰年」は、帰る日。押韻のため「年」とした。

［大　意］ たけなわの春景色に見入るにつけ、わき上がる望郷の念を詠じたもの。

［現代語訳］
川はエメラルド色、そこに浮かぶ鳥は一層あざやかに白く、
山はさみどりにおおわれ、そこに咲く花は燃えんばかりに赤い。
今年の春も、みるみるうちに、こうしてまた移り過ぎてゆく。
いつになったら、故郷に帰れるときがやって来るのだろうか。

【詩体・押韻】

五言絶句。「然」「年」が韻をふむ（上平十一の「真」韻）。

【出典】『唐詩選』巻六。『杜工部集』巻十三。二首からなる第二首目。

【作者】

杜甫（七一二〜七七〇）。

【鑑賞】

広徳二年（七六四）、杜甫五十三歳の春、放浪を続けた晩年の、いっときの安らぎを得た成都時代の作です。成都は今の四川省の省都で、中国南西部の交通の要衝を占めていました。友人の高適《こうせき》や厳武《げんぶ》たちの助力を得て生活が比較的安定し、精神のささやかな余裕をもつことのできた杜甫の心は、春たけなわの山水と花鳥とに十分すぎるほど躍動しています。

この詩は、絶句形式をかりてうたったもので、二首からなる詩の、第二首。前半二句の色彩の対比、厳整な対句表現には、春の頂点にあってどこまでも明るく輝く自然がスケール大きく把握されています。しかし、後半の二句では、一転して、作者の内面が痛切に吐露されます。春の景色に心よせる前半の作者のことばがニセモノであったのではありません。むしろ逆に、春たけなわの自然をからだ一杯に感じれば感じるほど、作者は自然の秩序の中にある自己を強く意識し、焦燥感にかり立てられるようにして、故郷を遠く離れ放浪する身の上を嘆かずにいられないのです。作者の望郷の念がひたすら痛切な響きをもって読者に迫ってくるのは、とくに転句の「みすみす」「また」過ぐという表現の効果でしょう。

其《そ》の一の詩には

遅日江山麗　遅日《ちじつ》 江山《こうざん》 麗《うるわ》しく
春風花草香　春風《しゅんぷう》 花草《かそう》 香《かんば》し
泥融飛燕子　泥《どろ》は融《と》けて 燕子《えんし》 飛び
沙暖睡鴛鴦　沙《すな》は暖《あたた》かにして 鴛鴦《えんおう》 睡《ねむ》る

とあり、どこまでもうららかな春景色が気持ちよくうたわれています。

「春夜喜雨」

春夜《しゅんや》 雨《あめ》を喜《よろこ》ぶ

杜甫《とほ》

好雨知時節
当春乃発生
随風潜入夜
潤物細無声
野径雲倶黒
江船火独明
暁看紅湿処
花重錦官城

好雨《こうう》 時節《じせつ》を知《し》り
春《はる》に当《あた》りて 乃《すなわ》ち発生《はっせい》す
風《かぜ》に随《したが》いて 潜《ひそ》かに夜《よる》に入《い》り
物《もの》を潤《うるお》して 細《こま》かにして声《こえ》無《な》し
野径《やけい》 雲《くも》 倶《とも》に黒《くろ》く
江船《こうせん》 火《ひ》 独《ひと》り明《あか》るし
暁《あかつき》に紅《くれない》の湿《しめ》れる処《ところ》を看《み》なば
花《はな》は錦官城《きんかんじょう》に重《おも》からん

［語釈］ ○好雨　このましい雨。潤いのある雨だと感じられるから、「好雨」なのである。○知時節　降るべき時節をちゃんと心得ている。○当春　春という時をはずさずに。○発生　ここでは、雨が降り出して、万物を開き育てはじめるの意。○野径　野原を横切る小径。○江船　川に浮かぶ舟。「江」は、ここでは錦《きん》江《こう》、または浣花渓《かんかけい》をさす。杜甫が逗留した蜀の成都には錦江が流れ、彼の住居のそばには、錦江の支流の浣花渓が流れていた。○火　ここでは、漁船の漁り火。○錦官城　今の四川省成都のこと。天子の錦を製する役所が置かれたので、このように呼ばれた。「城」は、まちの意。

［大　意］ 春の夜、ひそかに降る雨をしみじみと喜ぶ心の震えをうたったもの。

［現代語訳］

好ましい雨が、降るべき時節をしっかりと心得ていて、春という時を逃さず、今こそ降り出しては万物を開き育てはじめた。

風のまにまに静かに夜まで続いていて、万物を湿らせて、細やかに音もたてずに降っている。

野を横切る小径、その上を覆う雲、ともに黒い闇に包まれている中で、川に浮かぶ舟の明かりだけが、一つあかあかと燃えている。

夜が明けて、紅色の濡れそぼるところを見れば、おそらく錦官城の名にふさわしく、きれいな花がしっとりと重たげであろう。

[詩体・押韻]

五言律詩。「生」「声」「明」「城」が韻をふむ（下平八の「庚」韻）。

[出典]『杜工部集』巻十二。

[作者]

杜甫（七一二～七七〇）。

[鑑賞]

この詩は、杜甫が成都の浣花渓のほとりに草堂を営み住んでいた頃の作です。成都滞在の数年間は、転変穏やかでない彼の後半生にあって、概して穏やかであったといってもよいでしょう。反乱は時として蜀の地でも各地で起こり、成都のまちも巻き込まれるときがありましたし、その生活も依然として苦しいものでした。だが、めまぐるしい彼の生涯から見れば、ここでの数年間は彼の心にいささかの余裕をもたらすものでした。前の「絶句」でもそうでした。とりわけ秦州から同谷（甘粛省）、さらに剣閣越えを経て、苦労して成都にたどり着いてまもなくの彼は一時の安らぎとくつろぎの日々を持ったようです。この詩は、そのような詩人の日常を想い見ることができるほど、まことに穏やかに春を感受しています。万物の生成を内にひそかにではありますが、しみじみと喜ぶ気持ちに満ちています。冒頭の「好」の一字からして、すでにそうです。「物を潤す」という表現からも清々しい喜びの心がまっ直ぐ伝わります。

第五句と第六句の対句では、「黒」と「明」の対比が印象的です。その場合「野径 雲 倶に黒く」とうたいながら、決して暗い響きを持っていないのは、その闇の中であかく燃える漁り火の明かりが対置されて強調されているからでしょう。また、「倶に」という表現によって周りを取り巻く万物皆が黒い闇に包まれていることを言い、次句の「独」を印象的なものにしています。

最後の二句も夜に翌朝の状態を美的イメージで想像するという詩人の存分の情緒が表現されています。「花は錦官城に重からん」はまことに明るく洒落た言い方で、華やかで若々しくすらあります。五十歳ごろの辛酸の日々を送ってきた人の手になるイメージとは思えないほど活き活きとし、溌剌として春を迎える心の震えをうたうのも、杜甫詩の柔らかな感性と深い情緒の現れです。そのような本領を発揮できたのも、やはり一時の安らぎとくつろぎとをこの地でつかんだからであると思われます。

この詩の表現の魅力は、対句表現のできばえによるでしょう。第三句と第四句の対句は、春雨を繊細に喜びの心をもって写しています。第五句と第六句の対句は、夜景の把握と、闇と光の対比とが巧みです。「野」と「江」という夜景の大きな把握は、この詩に立体感を付与しています。「黒」と「明」との対比は、闇と光の対比ですが、闇による光の強調となっているところが主題と密接につながっているのです。

同じ頃うたわれた「江亭」と題された五言律詩でも、川べりにあった浣花草堂の亭で、春の思いを述べています。その前半四句では、

坦腹江亭暖　　坦腹《たんぷく》して　江亭《こうてい》暖《あたた》かに
長吟野望時　　長吟《ちょうぎん》　野望《やぼう》する時《とき》
水流心不競　　水流《みずなが》れて　心《こころ》は競《きそ》わず
雲在意倶遅　　雲《くも》在《あ》りて　意《い》は倶《とも》に遅し

と、暖かな日差しをあびて大の字に寝そべる、信じられないほどの杜甫のユーモラスな姿が思い浮びます。「水流れて心は競わず」ということばには決して強がりを自分に言いきかせているのではない、満ちたりた余裕のなかにいる杜甫がいて、杜甫の苦難の人生を知る読み手もまた救われる思いがします。

「野人送朱桜」

杜甫《とほ》

野人《やじん》 朱桜《しゅおう》を送《おく》る

西蜀桜桃也自紅
野人相贈満筠籠
数回細写愁仍破
万顆匀円訝許同
憶昨賜霑門下省
退朝擎出大明宮
金盤玉筯無消息
此日嘗新任転蓬

西蜀《せいしょく》の桜桃《おうとう》も 也《ま》た自《おのずか》ら紅《くれない》なり
野人《やじん》 相贈《あいおく》りて 筠籠《いんろう》に満《み》つ
数回《すうかい》 細《こま》やかに写《うつ》して 仍《な》おも破《やぶ》れんかと愁《うれ》え
万顆《ばんか》 匀《ひと》しく円《つぶら》にして 許《か》くも同《おな》じきかと訝《いぶか》る
憶《おも》う昨《さく》 賜霑《してん》す 門下省《もんかしょう》
退朝《たいちょう》 擎《ささ》げ出《い》づ 大明宮《だいめいきゅう》
金盤《きんばん》 玉筯《ぎょくちょ》 消息無《しょうそくな》く
此《こ》の日《ひ》 嘗新《しょうしん》 転蓬《てんぽう》に任《まか》す

［語釈］○野人　農夫。百姓。ここでは、近所のお百姓さん。○朱桜　まっかなさくらんぼ。桜桃。○西蜀　蜀（四川省一帯）は東西に分かれ、杜甫の寓居した成都は西蜀に属した。○桜桃　「朱桜」に同じ。○也　これもまたの意。「亦」の俗語。「西蜀の桜桃」以外の桜桃、つまりは都の桜桃と比べているのである。○自　ここでは、桜桃そのもののもちまえの色として、の意。○相贈　「相」は、お互いにの意でなく、贈る対象を示す。私に贈ってくれた、という意味。○筠籠　竹かご。「筠」は竹、「籠」はかご。○細写　細心の注意をはらって（竹かごから）自分の家の器にうつしかえる。○愁　ここでは、気づかう。心配するの意。○仍　それでも。○万顆　おびただしい粒。○匀円　どれもこれも皆同じくまんまるなこと。○訝　不思議に思う。○許

こんなに。「許」は、「如此」（かくのごとし）の意を表す俗語。 ○昨　むかし、往年の意。左拾遺として仕えた頃をさす。 ○賜露　御下賜の恩恵にうるおう。唐代では毎年の四月一日に、宮中で宗廟に初みのりとして桜桃を供え、そのお下がりを百官に賜った。ここでは、杜甫自身百官の一人として参列し、桜桃を賜った体験を想起している。 ○門下省　役所の名。天子の命令を審議する役所。杜甫がついていた左拾遺の官は、ここに配属していた。 ○退朝　朝廷から退出すること。まかる。 ○擎　うやうやしく捧げもつ。 ○大明宮　唐の宮殿の一つ。ここで天子は、百官の朝賀をうけた。 ○金盤　（桜桃を盛る）金の皿。 ○玉筯　（桜桃をつまむための）玉《ぎょく》製のはし。「金盤玉筯」で、宮中の豪華でぜいたくな感じと、百官に賜わるうやうやしい儀式のさまを表現しようとしたのである。 ○此日　今日この日。近所のお百姓さんから桜桃をもらった日。「昨」と対比する語。 ○嘗新　初ものを口にする。 ○任　…に身をまかす。自分の意志ではどうしようもない、というニュアンスをもつ。 ○転蓬　まろび飛ぶ蓬《ほう》の草。「蓬」は、日本のよもぎとは異なり、枯れると根元から抜け、秋風に吹かれて飛んで行く。詩にあっては伝統的に、あてなき流浪の身の比喩として使用される。

[大　意]　桜桃を贈ってくれた近所の農夫の暖かな心へのよろこびと、かつての宮廷に仕えた日と比較したわが身のさすらいをうたうもの。

[現代語訳]

西蜀の地のまっかなさくらんぼもまた（都のそれと変わりなく）そのもちまえの色としてまっかである。（それを今日、近所の）お百姓さんが竹かごにいっぱいとどけてくれた。

何度も注意深く自分の家の器にうつしかえるのだが、それでも（その薄い皮が）破れはしないかと気がかりであり、おびただしい粒がどれもこれも皆同じくまんまるなので、よくもまあこんなに同じくそろったものだと不思議でならない。

思えば、むかし門下省でこの果物の恩恵にあずかり、うやうやしく捧げもって、大明宮から退出したこともあった。（しかしあの時の）黄金の皿と玉のはしの消息も絶えはてたままであり、今日この日、（昔と同じく）初ものを口にしてはいるが、まろび飛ぶ蓬のごとくあてなき流浪の旅に身をまかせるばかりである。

[詩体・押韻]

七言律詩。「紅」「籠」「同」「宮」「蓬」が韻をふむ（上平一の「東」韻）。

[出典]「杜工部集」巻十一。

[作者]

杜甫（七一二〜七七〇）。

[鑑賞]

この詩も「春夜雨を喜ぶ」詩と同じく、成都時代の作です。前半は、まっかな桜桃を竹かごいっぱいにもってきてくれた「野人」の暖かな心へのよろこびを、桜桃の見事なまでの美しさに託してうたいます。とくに、第三句と第四句の対句に杜甫の繊細な神経とよろこびに満ちた心がよみとれます。「数回細やかに写して 仍おも破れんかと愁」えるという表現には、ドキドキするほどの心のふるえがあり、「万顆匀しく円にして 許くも同じきかと訝る」という表現には、実に素直に桜桃の美しさに見入る時間が表現されています。

しかし後半は、桜桃の連想から、かつての日の宮中での思い出がよびさまされ、今の思いにまかせぬ漂泊の身をなげきます。数重なる挫折のはてに、四十歳も半ばをすぎてやっとありつけた左拾遺という官職、いっときではあったが幸福なあのときのことが、今のこの身と対比されるのです。しかもそれは、具体的な桜桃の下賜という場面として思い出されるだけに、一層身につまされる現在なのです。結びの「此の日 嘗新 転蓬に任す」という言い方は、まことにつらい断念のことばでしょう。しかしここで注意すべきは、この句が単に過去から現在を嘆いているというだけではない点です。過去のはなやかだった幸福の瞬間、あのときと比べて今の身は雲泥の差ですが、しかし今この手もとにある桜桃の美しさに心おどらす内面も杜甫にはあったのでした。それは同時に、桜桃を贈ってくれた近所のお百姓さんの心暖まる心やりをよろこぶ充実の一瞬なのです。そのように前半の四句は後半の思い出を語る単なる前置きのことばではありません。今の身はかつてとは違う「転蓬に任す」だけの身、しかしこういう地元のお百姓さんたちのささやかな善意にかこまれて生活する確かな日常もあったということをよく伝えています。比較的安らぎの見出せた成都時代の作にふさわしい詩といえるでしょう。

「旅夜書懐」

旅夜《りょや》 懐《おも》いを書《しょ》す

杜甫《とほ》

細草微風岸
危檣独夜舟
星垂平野闊
月湧大江流
名豈文章著
官応老病休
飄飄何所似
天地一沙鷗

細草《さいそう》 微風《びふう》の岸《きし》
危檣《きしょう》 独夜《どくや》の舟《ふね》
星《ほし》は垂《た》れて 平野《へいや》闊《ひろ》く
月《つき》は湧《わ》いて 大江《たいこう》流《なが》る
名《な》は豈《あ》に文章《ぶんしょう》もて著《あら》われんや
官《かん》は応《まさ》に老病《ろうびょう》もて休《や》むべし
飄飄《ひょうひょう》 何《なん》の似《に》たる所《ところ》ぞ
天地《てんち》の一沙鷗《いちさおう》

［語釈］ ○書懐　自己の胸のうちを書きしるすの意。○危檣　高くそびえ立つ帆柱。○豈　どうして…であろうか（…でない）。反語。○文章著　文学で名を上げる。○休　辞職する。○飄飄　風の吹くままにあちらこちらただようさま。○沙鷗　水辺のかもめ。

［大　意］ 旅先の舟の中で漂泊を続ける自分を、天地の間をさまよう一羽のかもめにたとえてうたったもの。

［現代語訳］

細やかな草がかすかな風にそよぐ岸辺。高くそびえる帆柱を立てた舟の中で、一人さびしく目覚めている夜。星は垂れ下がるように夜空に輝き、平野がどこまでも広々とうち広がる。月の光は湧き出るかとばかり水に映って、大川は流れてゆく。

文学で名を上げるなどということは、わたしにはまったく望みのないことだ。かといって、こんな年老いた病気の体では、官職から退くのもいたし方ないことだろう。風の吹くままに流浪し漂い続けるわたしの人生は、いったい何に似ているだろうか。天地の間をさまよう、あの一羽のかもめといったところだろうか。

[詩体・押韻]

五言律詩。「舟」「流」「休」「鷗」が韻をふむ（下平十一の「尤」韻）。

[出典]『唐詩選』巻三。『唐詩三百首』巻四。『杜工部集』巻十四。

[作者]

杜甫（七一二〜七七〇）。

[鑑賞]

永泰元年（七六五）五十四歳の杜甫は、友人でもあり庇護者でもあった厳武《げんぶ》の死とともに、数年間を過ごした成都を去って舟で下り、再びさすらいの旅に出ました。長江に出た、忠州（四州省）あたりでの夜の舟中で、胸の内を表白した詩がこの詩です。

近景と遠景、大きなものと小さなもの、不動と動といった対応を効果的に対句仕立てにしたり、第五・六句の屈折した表現を用いたりして、きりもみするように、ぶざまで為すすべのない自分を追いつめてゆく作者は、最後には「天地の一沙鷗」というイメージにゆきつきます。自己の孤独と漂泊の身を、一羽のかもめに象徴させる作者の内面は、悲痛そのものです。十七年ほど前には、

白鷗没浩蕩　白鷗《はくおう》　浩蕩《こうとう》たるに没《ぼっ》す
万里誰能馴　万里《ばんり》　誰《たれ》か能《よ》く馴《な》さん

と、「奉贈韋左丞丈」（韋左丞丈《いさじょうじょう》に贈《おく》り奉《たてまつ》る）の末尾二句でうたったことがありました。不遇の青年時代ではあったのですが、その嘆きの背後からは、客気にはやる若々しい杜甫が浮かび上がってくるでしょう。それに対して、「天地の一沙鷗」の方は、天地にきわ立つその白さそのものによって、よりくっきりと悲しみばかりがただよっている晩年のイメージです。

「夜」　夜《よる》

杜甫《とほ》

露下天高秋気清
空山独夜旅魂驚
疎燈自照孤帆宿
新月猶懸双杵鳴
南菊再逢人臥病
北書不至雁無情
歩簷倚杖看牛斗
銀漢遙応接鳳城

露下《つゆくだ》り天高《てんたか》くして 秋気《しゅうき》清《きよ》し
空山《くうざん》独夜《どくや》 旅魂《りょこん》驚《おどろ》く
疎燈《そとう》 自《みずか》ら照《て》らして 孤帆《こはん》 宿《やど》り
新月《しんげつ》 猶《な》お懸《か》かりて 双杵《そうしょ》 鳴《な》る
南菊《なんぎく》に再《ふたた》び逢《あ》いて 人《ひと》は病《やまい》に臥《ふ》し
北書《ほくしょ》は至《いた》らず 雁《かり》は情無《じょうな》し
歩簷《ほえん》 杖《つえ》に倚《よ》りて 牛斗《ぎゅうと》を看《み》れば
銀漢《ぎんかん》は遙《はる》かに 応《まさ》に鳳城《ほうじょう》に接《せっ》するなるべし

〔語釈〕○露下　露は天から降りるもの、と古くは考えられていた。○秋気　秋の空気。○空山　人気《ひとけ》のない山。または、葉を落とした晩秋の山をいう。○独夜　ただひとり目ざめている夜。○旅魂　旅人（作者自身）の心。○驚　ハッとする。○疎燈　（舟の）わびしいともしび。舟でたくかがり火のこと。○自照　周囲だけをそっと照らして、結果的にはそのあかりが自分自身を浮きぼりにしていること。○孤帆　一そうの帆かけ舟。○新月　三日月。○猶懸　新月は夕方西の空に出てすぐ落ちるものであるが、それがまだおちずに空にかかっていること。○双杵　西方から向かい合って打つきぬた。杵は、「砧《ちん》」と同じくきぬたの意で、布地のつやを出すために布をのせて打つ台のこと。○南菊　南国の菊。○再逢　成都のまちを出てから、去年は雲安で、今年は夔州《きしゅう》で菊の花の咲くのに二度めぐりあわせたことをいう。つまり、南国をさすらうようになって、二度目の秋をむかえたことの意。○人　旅人。作者自身のこと。○北書　北方の故郷（都の長安）からの便り。○雁無情　雁は故郷からのたよりを運んでくれず、つれなくおとずれるばかりであるの意。雁は人間から手紙をことづかって運んでくれる鳥だという言い伝え（漢の蘇武の故事）がある。○歩簷　のき。「歩」は、幅の単位をあらわす。○牛斗　牽牛星と南斗星。秋の夕方南の空に見える。○銀漢　天の川。○応　おそらく、…であろう。○鳳城　国都長安の宮城の意から、ここでは長安をさしていう。

［大　意］　狭谷の夔州《きしゅう》での秋の一夜、夜景とわが身とを凝視しながら故郷を思う気持をうたうもの。

［現代語訳］

露がおり天は高く、秋の空気がすみきった今夜、人気のない山にただひとりめざめていると、旅人の心はどんなものに対してもはっとさせられるのだ。（川には）わびしいともしびにその身を照らして、ただ一そうの帆かけ舟が宿っており、（空には）三日月がまだかかっている中に、向かいあって打つきぬたの音が鳴っている。

南国の菊が咲くのにこれで二度出会ったが、私はいつも病に臥す身であり、北方の（故郷から）便りもとどかず、雁はつれなくおとずれてくるばかりだ。

のきで杖によりかかっては、牛斗の星を眺めるが、（そのあたりから北に流れる）天の川は、おそらくはるか都の長安に続いていることであろう。

【詩体・押韻】

七言律詩。「清」「驚」「鳴」「情」「城」が韻をふむ（下平八の「庚」韻）。

【出典】『杜工部集』巻十六。

【作者】

杜甫（七一二〜七七〇）。

【鑑賞】

この詩は、夔州《きしゅう》（四川省奉節市）時代の作です。長江をのぞむ狭谷の町での杜甫は、さすらいの身に病を得て、沈痛な日々の連続でした。にもかかわらず、杜甫の生涯から見てこの時期が最も多作であり、しかも彼の傑作とされる七言律詩の作品群を完成させた重要な時期でもありました。たとえば「春夜喜雨」とか、「野人送朱桜」とかの成都時代の作と比較してみるとよいでしょう。それらにあった一点の心の晴れ、暗さの中のそういう暖かさとかよろこびとかが夔州時代の詩にはまったく見られません。まるで救いのない、どこまでも沈痛な心の詩です。この詩にあっても「空山」「独夜」「疎燈」「孤帆」などの語が重ねられ、作者の内面の雰囲気を、これでもかこれでもかとかもし出していきます。また第三句、第四句の「孤帆」とか「双杵」も、ただの叙景ではありません。「孤帆」は、元気であれば故郷（長安）へ帰る希望を託せるはずのものです。「双杵」は、時節の早いうつりかわりを意識せざるを得ない、さすらいのつらさをさらにかり立てるものなのです。見るもの聞くもの、すべて旅の身の心を驚かすものばかり。それらが厳整な対句に言語化されています。確かに主題は救いのない世界です。暗さばかりの世界です。しかしながら、そういう暗い救いのないわが身を、七言律詩という詩形を通してどこまでも凝視し続ける表現者杜甫の強靱な精神を決して見のがしてはならないでしょう。そういう持続した自己凝視こそが、杜甫の思想性にほかならず、それは高い芸術性からくるものなのです。

「登　高」

高《たか》きに登《のぼ》る

杜《と》甫《ほ》

風急天高猿嘯哀
渚清沙白鳥飛廻
無辺落木蕭蕭下
不尽長江滾滾来
万里悲秋常作客
百年多病独登台
艱難苦恨繁霜鬢
潦倒新停濁酒杯

風急《かぜきゅう》に天高《てんたか》くして　猿嘯《えんしょう》　哀《かな》し
渚《なぎさ》清《きよ》く沙白《すなしろ》くして　鳥飛《ちょうひ》　廻《めぐ》る
無辺《むへん》の落木《らくぼく》　蕭蕭《しょうしょう》として下《くだ》り
不尽《ふじん》の長江《ちょうこう》　滾滾《こんこん》として来《き》たる
万里《ばんり》　悲秋《ひしゅう》　常《つね》に客《かく》と作《な》り
百年《ひゃくねん》　多病《たびょう》　独《ひと》り台《だい》に登《のぼ》る
艱難《かんなん》　苦《はなは》だ恨《うら》む　繁霜《はんそう》の鬢《びん》
潦倒《ろうとう》　新《あら》たに停《とど》む　濁酒《だくしゅ》の杯《はい》

［語釈］　○登高　陰暦九月九日の重陽《ちょうよう》の節句に、小高い所に登って酒宴を開き、一年の厄払いをしながら長寿を願う行事。○猿嘯　猿の鳴き声。夔州の町がある三峡付近は、昔から野猿が多かった。○鳥飛　前句の「猿嘯」と対語になっている。○廻　ぐるっと輪をえがく。○無辺　果てしない。○蕭蕭　落ち葉のものさびしく散る音の形容。○不尽　尽きることのない。○滾滾　長江の水がわきかえるように流れ続く音の形容。○客　旅人。○百年　一生涯の意。○艱難　悩み。苦しみ。○繁霜鬢　霜がおりたように白くなったびんの毛。○潦倒　落ちぶれたようす。老いぼれたようす。○新停　つい最近、やめてしまったばかりだ。「新」は、…したばかりの意。○濁酒　どぶろく。

［大　意］　重陽の節句に、たった一人で高きに登り、漂泊老病のわが身を悲嘆したもの。

［現代語訳］
風は激しく、天はどこまでも高く澄みわたって、猿の鳴き声は悲しげだ。岸辺は清く、砂はまっ白、その上を鳥がぐるぐると輪をえがく。
果てしない落葉が、ざわざわとものさびしげな音をたてて散り落ち、尽きることのない長江の流れが、その水がわきたつかのようにごうごうと流れてくる。
見わたす限り悲しみの秋だ。故郷を遠く離れた地で迎える悲しみの秋、わたしは来る年も来る年も旅人としての生活を続けている。生涯病気がちであったわが身であるが、今はこうしてただ一人でこの高台に登っている。
さまざまな苦労のために、霜をおいたようにめっきり白くなったびんの毛を、ひどく恨めしく思う。年とって気力衰えたわたしは、つい先頃、好きな濁り酒をもやめてしまったばかりなのだ。

［詩体・押韻］
七言律詩。「哀」「廻」「来」「台」「杯」が韻をふむ（上平十の「灰」韻）。

［出典］『唐詩選』巻五。『唐詩三百首』巻五。『杜工部集』巻十三。

［作者］
杜甫（七一二〜七七〇）。

［鑑賞］
この詩も杜甫五十六歳の秋、峡谷の町夔州に滞在していたときの作です。重陽の節句に小高い丘に登って長寿を祝う、という特別の日に、この日を素直に喜べない、むしろわが身の現状を余計に悲しくさせられる胸いっぱいの気持ちを詠じた詩です。異郷の地に身をよせ、病身（そのとき杜甫は左の耳が聞こえず、喘息のぼろぼろの身であった）をかかえ、たった一人（家族を引き連れての旅ではあったが）で登高し、普通なら長寿を祝ってのお酒を楽しむ日なのに、つい最近、病いゆえ酒も禁じられてしまった、どこまでも救いのない状況でした。しか

し注意していただきたいのは、こういう悲嘆この上ない内容でありながら、一つは自然のエネルギーを実に躍動的に感受できる詩人の内面性と、もう一つはみごとな構成力表現力を発揮している表現者としての強靭さです。とくに後者、前半四句の叙景と後半四句の抒情、全編すべて対句仕立てであることが目をひきます。律詩にあってまん中の二聯の対句は必須で、杜甫でなくともその表現に心血をそそぐのですが、このようにすべてが対句になっているのはとても珍しいのです。

第一・二句は、「猿嘯」と「鳥飛」の対応、「風」と「渚」、「天」と「沙」、「急」と「清」、「高」と「白」と対比は「異類対《いるいつい》」と呼ばれるもので、同類を重ねた陳腐なものではありません。また、第三・四句の対句は、落葉する樹木とつきせぬエネルギーを秘めた長江の流れとが対照され、きわめて迫力のある描写です。「蕭蕭」は衰亡を、「滾滾」は生成を対比させています。

後半の二聯の対句では自己の心情が沈鬱の極点でうたわれていて、前半二聯と対照的です。このように景と情、表現と内容との緊密な結びつきによって、切迫した心情が切々と訴えられているのです。杜甫の絶唱といわれる所以です。

なお、重陽の節句にちなんだ詩は多いのですが、異郷の地で兄弟を想いやった十七歳の王維の詩がありますので、参考としてあげておきます。

「九月九日憶山東兄弟」

（九月九日 山東の兄弟《けいてい》を憶《おも》う） 王維

独在異郷為異客　独《ひと》り異郷《いきょう》に在《あ》りて 異客《いかく》と為《な》る
毎逢佳節倍思親　佳節《かせつ》に逢《あ》う毎《ごと》に倍《ます》ます親《しん》を思《おも》う
遙知兄弟登高処　遙《はる》かに知《し》る 兄弟《けいてい》高《たか》きに登《のぼ》る処《ところ》
遍挿茱萸少一人　遍《あまね》く茱萸《しゅゆ》を挿《さ》して一人《いちにん》を少《か》く

たった一人見知らぬ土地での旅暮らしなので、
節句に出会うごとに、日頃よりもいっそう家族のことが思われてならない。
はるかに想像するに、さぞや今頃、兄弟たちがそろって高台に登り、
みんな頭に茱萸（かわはじかみ）の赤い実をさしながら、今年は一人が欠けているとさびしがっていることだろう。

「登岳陽楼」

岳陽楼《がくようろう》に登《のぼ》る

杜甫《とほ》

昔聞洞庭水
今上岳陽楼
呉楚東南坼
乾坤日夜浮
親朋無一字
老病有孤舟
戎馬関山北
憑軒涕泗流

昔《むかし》聞《き》く 洞庭《どうてい》の水《みず》
今《いま》上《のぼ》る 岳陽楼《がくようろう》
呉楚《ごそ》 東南《とうなん》に坼《さ》け
乾坤《けんこん》 日夜《にちや》 浮《う》かぶ
親朋《しんぽう》 一字《いちじ》 無《な》く
老病《ろうびょう》 孤舟《こしゅう》 有《あ》り
戎馬《じゅうば》 関山《かんざん》の北《きた》
軒《けん》に憑《よ》りて 涕泗《ていし》 流《なが》る

〔語釈〕 ○洞庭湖　湖北省北部にある大きな湖。○岳陽楼　岳州（湖北省）の西門に建てられた三層の楼。洞庭湖を見下ろすところにあった。○呉楚東南坼　洞庭湖によって、呉が東に、楚が南に二つに引き裂かれている。○乾坤　天と地。または、日と月をいう。○親朋　親戚や朋友（友達）。○戎馬　軍馬。そのころ北方では、吐蕃（チベット族）が頻繁に唐に侵入してきていた。○関山　とりでがもうけられてある山。○軒　てすり。○涕泗　涙。

〔大　意〕 洞庭湖畔に建つ岳陽楼に上って、見晴るかす洞庭湖一帯の遙かな景を前にしたとき、天地をさすらうわが身の運命をなげいたもの。

〔現代語訳〕

昔から聞いていた洞庭湖、今それを見晴るかす岳陽楼に上った。

呉の地、楚の地はそれぞれ湖の東と南に引き裂かれ、天地が日夜この湖に浮かんでいる。

旅するわたしのところには親戚や友人からの一字の便りもなく、年老い病に悩まされるわたしの身には、一艘の小舟があるばかりだ。

要塞がある山々の北方では今もなお軍馬が横行しているのだ。岳陽楼のてすりによりかかっていると涙はとまらない。

[詩体・押韻]

五言律詩。「楼」「浮」「舟」「流」が韻をふむ（下平十一の「尤」韻）。

[出典]『唐詩選』巻三。『唐詩三百首』巻四。『杜工部集』巻一八。

[作者]

杜甫（七一二〜七七〇）。

[鑑賞]

大暦三年（七六八）、夔州《きしゅう》の地を出た杜甫は、長江を下って洞庭湖にやってきました。いつかは北にむかって都長安や、郷里鞏《きょう》県に帰ることが頭にあったのです。この詩の前半はよく知られた岳陽楼から洞庭湖を見晴るかす壮大な景をうたい、後半は南方をさまよい続ける沈鬱な思いが述べられています。杜甫の詩は前半に自然を、後半に人事を述べるのが際だつ特徴ですが、この詩も景から情への切り替えがはっきりしています。

「昔聞」と「今上」の単純で大きな把握、続く二句の天地の創造に立ち会っているかのような広大な自然。うっとりするまで景に見入っている、ゆったりとした詩人の内面が浮かび上がります。それは夔州の厳しい景とは違うものでしょう。前に見ました「登高」に「無辺の落木　蕭蕭として下り、不尽の長江　滾滾《こんこん》として来たる」とあったような、とぎすまされた感受性から表現された緊張美とは異なる、おおらかな自然です。五言と七言の差もあるでしょう。詩人はこの壮大な自然をおそらく長い時間見入っていたに違いありません。やがて次第に内面を大きく占めていくのは放浪するわが身の現実の姿です。感傷は望郷へと収斂していきますが、万感の思いとはこのようなあふれる心を抑えた古典的な詩の秩序の中にあるのでしょう。

「江南逢李亀年」

江南《こうなん》にて李亀年《りきねん》に逢《あ》う

杜《と》甫《ほ》

岐王宅裏尋常見
崔九堂前幾度聞
正是江南好風景
落花時節又逢君

岐王《きおう》の宅裏《たくり》 尋常《じんじょう》に見《み》し
崔九《さいきゅう》の堂前《どうぜん》 幾度《いくたび》か聞《き》きし
正《まさ》に是《こ》れ 江南《こうなん》の好風景《こうふうけい》
落花《らっか》の時節《じせつ》 又《ま》た君《きみ》に逢《あ》う

[語釈] ○江南　普通は長江下流の南一帯の地を指すが、ここでは、長江中流の洞庭湖からさらに南一帯をいう。○李亀年　かつて玄宗に仕えた宮廷歌手。当代一の花形歌手であった。○岐王　玄宗の弟の子李珍。○宅裏　屋敷の中。「裏」は、中。○尋常　いつもいつも。○崔九　崔家の九番目のお方。崔滌《さいてき》。一説に別人ともいう。「九」は、排行《はいこう》（一族の同世代の年齢の順番）が九番目。○堂前　お座敷の前。○正是　ちょうど…である。「是」は英語のbe動詞にあたる。また、「正是」を「今はまさに…だ」の意と解してもよい。その場合「正」は「止」と同じで、「ただ」と読む。○風景　もともとは、風と光の意。

[大　意] 江南の地でかつて都で華やかだった当代一の歌手の李亀年に逢ったときの感慨をうたったもの。

[現代語訳]
むかし都では、岐王さまのお屋敷でいつもいつもあなたさまにお目にかかったものです。
また、崔九さまのお座敷の前で、あなたさまの歌をいくどかお聞きしたものです。
（それが今、なんと言うことでしょう、思いもかけず）まさに江南のすばらしい風と光のあふれた田舎町で、しかも花が舞い散る季節にまたあなたさまにお逢いできますとは。

【詩体・押韻】

七言絶句。「聞」「君」が韻をふむ（上平十二の「文」韻）。

【出典】『唐詩三百首』巻六。『杜工部集』巻一七。

【作者】

杜甫（七一二～七七〇）。

【鑑賞】

杜甫は大暦四年（七六九）、岳州から苫舟《とまぶね》を浮かべて洞庭湖に入り、さらに湘水《しょうすい》を南にさかのぼり、潭州《たんしゅう》（湖南省長沙市）に行き、衡州に行きます。翌年の晩春、潭州に戻ったときに出会ったのが李亀年でした。かつて玄宗に可愛がられた歌手の歌を、まだ若かった杜甫が貴族の屋敷で聞いたことがあったのです。安禄山の乱による苦難を経て、今はすっかり年をとった歌手が流れ流れて、こんな田舎町でうたうのを聞いて、杜甫もまた自らの身の上を痛切に振り返ったことでしょう。「落花の時節」というめくるめく思いの中、「又」という一字には思いが詰まっています。

同じ年四月になって、その地での不穏な情勢を避けてまた衡州に戻った杜甫ですが、熱に悩まされ、伝《つて》を求めて耒陽《らいよう》（湖南省）に来たとき洪水に遭い、何日も食事もとれませんでした。それでも幸いに県令が肉と酒を贈ってくれたのです。まもなくもどった衡州あたりだと思われますが、いずれにせよ洞庭湖のかなり南方の地で杜甫は病死します。伝説ではその肉を食べ過ぎて亡くなったとも言われています。食にも窮した杜甫に見合う最後で、ある夕べ舟を長江に浮かべては酒に酔って江に映る月を捉えようとして溺死したと言われたりする李白の死と対置されています。真意はともかく、実に良くできた伝説です。

杜甫の没後、棺を郷里に運んで弔う財力はなく、死後四十三年経って、孫の代に洛陽の偃師《えんし》県に運ばれ葬られました。その途中、出会った元稹《げんじん》が墓誌銘を書き、「詩人有りてこのかた、未だ子美《しび》の如きもの有らず」とたたえて、杜甫の高い評価は以後に定着していきました。

「使清夷軍入居庸」

清夷軍《せいいぐん》に使《つか》いして居庸《きょよう》に入《い》る

高適《こうせき》

匹馬行将夕
征途去転難
不知辺地別
祇訝客衣単
渓冷泉声苦
山空木葉乾
莫言関塞極
雨雪尚漫漫

匹馬《ひつば》 行《ゆ》くゆく将《まさ》に夕《ゆう》べならんとす
征途《せいと》 去《さ》ること 転《うた》た難《かた》し
辺地《へんち》の別《べつ》なるを知《し》らず
祇《た》だ客衣《かくい》の単《ひとえ》なるを訝《いぶ》かる
渓《たに》は冷《ひや》やかにして 泉声《せんせい》 苦《くる》しみ
山《やま》は空《むな》しくして 木葉《もくよう》 乾《かわ》く
言《い》う莫《な》かれ 関塞《かんさい》 極《きわ》まると
雨雪《うせつ》 尚《な》お漫漫《まんまん》たり

［語釈］ ○使 朝廷の命令を奉じて使いする。赴任するために出かけていくのである。○清夷軍 塞外の駐留軍の名。今の北京から北西の方、万里の長城を越えた懐来付近に置かれていて、北方異民族の侵入に備えた。○居庸 居庸関。薊門関《けいもんかん》とも呼ばれた要害で、北京の西北にあった。○匹馬 一匹の馬。一匹の馬とともに旅する自身の孤独な姿を強調する。○行 しだいに。○将夕 いまにも夕暮れを迎えようとしている。○征途 旅路。○転 いよいよ。ますます。○辺地別 辺地の気候が本土のそれと大きく異なること。○祇訝 ただただ、不審がる。ここでは、自分の旅の衣が薄いことに気づいて、今更のように驚く、の意。○客衣 旅の衣服。○単 ひとえの着物。薄ものを言う。○苦 水がきびしく渋り流れる形容。○関塞 関所と城塞。○極 尽きる。○雨雪 雪が降ること。「雨」は、動詞「ふる」の意。○漫漫 はるかに長いさま。ここでは、居庸関から清夷軍までの道のりのはてしなさをいう。

［大　意］　辺塞の地への道中、まだまだ続くはてしない旅路の困苦をうたったもの。

［現代語訳］

一匹の馬を進めて、（今日もまた）しだいに夕暮れを迎えようとしている。旅路は進むにつれて、いよいよ困難なものになってくる。

辺地の気候が本土と異なることも知らず、（わたしは）ただ旅の衣服が単衣の薄ものであることをいぶかるばかりだ。

谷は冷え冷えとして、泉の流れる音はきびしく渋り、山は人気《ひとけ》がなく、木々の葉は乾いて落ちてしまった。

（しかしここで）関所や城塞が行き止まりだなどと言ってはならない。雪の降りしきる中を行くわが旅路は、これから先まだまだはるかに長くつづくのだから。

［詩体・押韻］

五言律詩。「難」「単」「乾」「漫」が韻をふむ（上平十四の「寒」韻）。

［出典］『唐詩選』巻三。

［作者］

高適（七〇二?～七六五）、字は達夫。「こうせき」と読みならわされている。渤海（山東省）の人。若い頃は任侠の徒と交わるなど、放縦な生活を送った。天宝八年（七四九）有道科に及第し、封丘（河南省）の尉に任じられたが、その後官を捨てて辺塞を遊歴し、河西節度使の哥舒翰《かじょかん》に認められ、その幕僚になった。安禄山の乱後はその活躍を認められ、左散騎常侍に至り、渤海侯に封ぜられた。詩を作り始めたのが、五十歳ころからであったと言われ、たちまち詩名を高くした。若い頃には李白や杜甫とも親交があり、のちに蜀州刺史となった成都の地では杜甫の後立てとなった。岑参《しんじん》と並び称される辺塞詩人の代表である。

［鑑賞］

この詩は、朝命を奉じた作者が清夷軍に向けて旅をする途中、居庸関にさしかかった時の作です。詩は辺塞への旅の苦しみを二段階で述べています。まずは居庸関にやってくるまでに体験した旅の苦しみであり、次には居庸関から目的地清夷軍までのはてしもない長い旅路の苦しみです。体験してきた想像をはるかに超えたここまでの旅の苦しみを思うにつけて、雪の降りしきる今後の旅路の苦しみはどれほどであろうか、と詩人は茫然と立ちつくしているのです。

旅路の苦難をうたうとき、特に気候・風物のきびしさが強調されます。辺塞への旅の苦しさをうたうのが辺塞詩の大きなテーマですが、その場合辺塞の気候・風物がどれほど都に居る者たちの想像を絶するものであるか、それをいかにリアルに指し示すかが問われます。第三句・第四句のひねった言い方に続く、第五句・第六句の対句は一見平凡な表現かのようでいて、きわめて感覚が鋭い辺塞描写です。さらに第七句・第八句はまだまだつづく果てしない旅路を前にして、茫然とたたずむ作者の内面をよく伝えています。とりわけ、「雨雪　尚お漫漫たり」の結びは、辺塞の自然と作者の心とを骨格太くとらえています。

ところで、高適が彭州《ほうしゅう》刺史として蜀の地に赴任した前年に、杜甫は家族ともども成都にやってきていました。そのとき高適は「杜二《とじ》拾遺に贈る」詩を贈って慰問します。「杜二」とは杜甫の排行が「二《に》」、また杜甫を「拾遺」と前の官職で呼んでいます。それに対して杜甫も「高使君が相贈らるるに酬《むく》ゆ」を書いて返礼しています。そうして、高適は杜甫の生活のめんどうをあれこれとみてやったといわれています。

「除夜作」

除夜《じょや》の作《さく》

高適《こうせき》

旅館寒燈独不眠
客心何事転凄然
故郷今夜思千里
霜鬢明朝又一年

旅館《りょかん》の寒燈《かんとう》 独《ひと》り眠《ねむ》らず
客心《かくしん》 何事《なにごと》ぞ 転《うた》た凄然《せいぜん》
故郷《こきょう》 今夜《こんや》 千里《せんり》を思《おも》う
霜鬢《そうびん》 明朝《みょうちょう》 又《ま》た一年《いちねん》

［語釈］ ○寒燈　寒々としたともしび。○客心　旅人の心。作者の心をいう。○転　ますます。いよいよ。○凄然　ものさびしい。○霜鬢　鬢の毛までが白髪になったこと。

［大　意］ 異郷の地にあってやりすごす大晦日の夜に、望郷の思いと、また歳を重ねて老いてゆくわが身を嘆いたもの。

［現代語訳］

旅館のさむざむとした燈火の下で、わたしはひとり眠れぬ夜を過ごしている。

旅にある身をあれこれ考えていると、どうしたことか、たまらなく胸がつまってどうしようもない。

はるか郷里では、きっと大晦日の今宵、千里の遠くにいるわたしの身の上を想ってくれていることだろう。

この両鬢に霜をおく老いの身に、一夜明けた明朝には、また一つ年を加えねばならないのだ。

【詩体・押韻】

七言絶句。「眠」「然」「年」が韻をふむ（下平一の「先」韻）。

【出典】『唐詩選』巻七。

【作者】

高適（七〇二？～七六五）。

【鑑賞】

大晦日の夜は一年の区切りの日ですが、新しい年の始めを、皆が皆心待ちしているとは限りません。唐代になると「除夜」が詩材になることがまま見かけるようになりましたが、そこではもっぱら、人が流れゆく時間の中で厳しく限定づけられた存在であることを、いやが上にも意識させられる節目の日としてうたわれました。むしろそれが一般的であったわけですが、ましてやこの詩の作者は家族から遠く離れた赴任先で除夜を迎えているのです。ただし、制作時期や場所は明らかではありませんが。

起句の「独」には、他人は皆除夜のにぎわいにうきうきしているのに、自分だけはそんな気分になれないのだ、という強い響きをもって表現されています。また承句の「転」は、後半の二句の心情を喚び起します。結句の「又」は累加の副詞ですが、そこにはむざむざと年を重ねていかねばならないのか、という作者の呻吟が託されています。このように見逃しがちなそれぞれの単純な一字にも作者の万感の思いが込められているのです。

なお、転句は右のような現代語訳で示したほかに、作者自らが千里の故郷をしのんで悲しんでいる、と解釈してもよいでしょう。

「磧中作」

磧中《せきちゅう》の作《さく》

岑《しん》参《じん》

走馬西来欲到天
辞家見月両回円
今夜不知何処宿
平沙万里絶人煙

馬《うま》を走《はし》らせて　西来《せいらい》　天《てん》に到《いた》らんと欲《ほっ》す
家《いえ》を辞《じ》して　月《つき》の両回《りょうかい》　円《まど》かなるを見《み》る
今夜《こんや》は知《し》らず　何《いず》れの処《ところ》にか宿《しゅく》せん
平沙《へいさ》　万里《ばんり》　人煙《じんえん》　絶《た》ゆ

〔語釈〕　○磧中作　砂漠での作。「磧」は、小石まじりの砂漠。この詩は、西域に従軍した途中の作である。　○欲到天　天にも行き着きそうだ。「欲」は、…しそうだ、の意。「天に到らんとす」と訓んでもいい。　○辞　辞去する。離れる。　○円　満月をいう。　○平沙　一面にうち広がる砂漠。ここは、タクラマカン砂漠についていう。　○人煙　人家の炊事の煙。人里をいう。

〔大　意〕　どこまでも広がる砂漠を行く、従軍の苦しみをうたったもの。

〔現代語訳〕

馬を駆って西へ西へとやってきて、天にも行き着きそうだ。

家を離れてから満月を二度も迎えた。（けれども、わたしの旅ははてしなく今も続いている。）

今夜はいったいどこに宿泊することができるのだろうか。

見渡すかぎりどこまでも一面にうち広がる砂漠で、人家の炊事の煙もまったく見えない。

[詩体・押韻]

七言絶句。「天」「円」「煙」が韻をふむ（下平一の「先」韻）。

[出典]『唐詩選』巻七。

[作者]

岑参（七一五～七七〇）。今の湖北省江陵の人。天宝三年（七四四）の進士。安西・河西などの節度使の幕僚となり長く塞外で勤めたが、安禄山の乱の際粛宗のいる鳳翔にゆき、やがて親友の杜甫らの推挙によって右補闕に任じられたりした。諸官を歴任して、嘉州《かしゅう》（四川省）の刺史となり、辞職後成都で没した。高適とともに辺塞詩人の代表である。

[鑑賞]

辺塞詩人として名高い岑参の作品です。特色は、題材として砂漠を選んだこと、主題として従軍の旅の苦しさをうたったことにあります。とくに起句の、西へ西へとはるばると天にまでやってきたという表現は、水平のイメージに垂直のそれを重ねたもので、前に見た王之渙の「黄河遠く上る　白雲の間」（「涼州詩」）に似ています。しかし、王之渙の詩が結句で「春光度らず　玉門関」と甘さを含みながら感傷に浸るのとは異なるでしょう。「平沙　万里　人煙　絶ゆ」とどこまでも荒涼としているだけに、終始旅の苦さが胸に響きます。こんなにも果てしなく遠くにいつしかやってきてしまった、もう二ヶ月も経ってしまったのだったか、けれども行く手はまだまだほど遠い。作者の心は茫漠とした思いに駆られていくばかりです。この途方もない苦さが、辺塞詩として個性的なものにしているといえるでしょう。

起句が距離的な遠さを垂直イメージで描き、承句では時間的な経過を月でうたいます。空間的にも時間的にもこんなに遠くにきたのに、まだ目的地にたどり着けないで、見渡す限りの砂漠の中に居る。実に巧みな構成で、途方もない旅を印象づけ、定着させています。それが旅の目的の西域従軍がむなしいものでしかないことに対する告発として詩の背後からやがて響いていくことになるのです。

「題破山寺後禅院」

破山寺《はざんじ》の後《うしろ》の禅院《ぜんいん》に題《だい》す

常建《じょうけん》

清晨入古寺
初日照高林
竹逕通幽処
禅房花木深
山光悦鳥性
潭影空人心
万籟此都寂
但余鐘磬音

清晨《せいしん》 古寺《こじ》に入《い》り
初日《しょじつ》 高林《こうりん》を照《て》らす
竹逕《ちくけい》 幽処《ゆうしょ》に通《つう》じ
禅房《ぜんぼう》 花木《かぼく》 深《ふか》し
山光《さんこう》 鳥性《ちょうせい》を悦《よろこ》び
潭影《たんえい》 人心《じんしん》を空《むな》しくす
万籟《ばんらい》 此《ここ》に都《すべ》て寂《しず》まり
但《た》だ余《あま》す 鐘磬《しょうけい》の音《おと》

[語釈] ○題 そこでの感慨を詩に書きおく。破山寺の禅院の壁に実際に書き付けたのである。○破山寺 寺の名。所在地については種々の説明がなされているが、不明。○後禅院 破山寺の境内の裏の、奥深いところにあった僧院。「禅院」は、僧坊。修行の僧たちが居る部屋。○清晨 清々しい夜明け時。○初日 朝日。今し方上りはじめた太陽。○竹逕 竹藪の中の小道。○幽処 奥深く静かなところ。○禅房 禅院。僧坊。○山光 ここでは、朝日を受けた清々しい山の色。○鳥性 鳥の心。「性」は、本性。○潭影 淵の光。「影」は、かげの意味ではない。○空人心 妄念をすっかり取り除く。○万籟 天地の間のもろもろの音。転じて、物音、響き。『荘子』の「天籟」「地籟」「人籟」に基づく。○鐘磬 鐘と磬。「磬」は、石で造った打楽器。鐘も磬もともに高く澄んだ音を発する。

［大　意］　破山寺の僧坊を訪ねたときの、静寂にかこまれた清潔な世界をよんだもの。

［現代語訳］

清々しい夜明け時、古寺の奥へと入っていくと、上りはじめた朝日が、高い林の梢を照らしていた。竹藪の中の小道は、奥深い静かなところへと通じ、僧坊は、花咲く木々の茂みに深く囲まれている。山の光を浴びて、鳥の心はよろこばしげで、淵の光は人の心の中の妄念をすっかり取り除いてくれる。諸々の雑言は、ここではすべて絶え静まり、あとに残るのは、鐘と磬の音ばかりである。

［詩体・押韻］

五言律詩。「林」「深」「心」「音」が韻をふむ（下平十二の「侵」韻）。

［出典］『唐詩選』巻三。『唐詩三百首』巻四。『三体詩』巻三。

［作者］

常建（七〇八？～？）。長安の人。開元十五年（七二七）の進士。大暦年間（七七〇年頃）に盱眙《くい》（安徽省）の尉となったが、昇進が遅いのに不満を持ち、辞職して名山を遊歴した。晩年に鄂渚《がくしょ》（湖北省武漢市の西）に隠棲した。清らかな自然美を詠じた詩人である。

［鑑賞］

この詩に描かれた静寂で清潔な世界は、どこまでも静寂でどこまでも清潔な絶対的な空間です。一つ一つの詩語とイメージは実に美しく具体化されています。この雑念を去った脱俗世界は、実際に山奥深い僧坊を訪れたことから得られた空間にはちがいありませんが、しかしそういう世界を敏感に感受する作者の個性が表現した理想世界でもあるのです。特に第五句・第六句の対句には、鳥とともに山光をよろこび、雑念を取り除いた心をしみじみと確かめている作者の姿があります。したがってこの詩は客観的に描かれた世界のようにみえるのですが、それと同時に、人間離れした世界の中で生息する作者の生の喜びに満ちた息吹を読者は感受できるのです。

渭水（甘粛省）

中唐

盛唐の後の約七十年が中唐で、盛唐詩の継承と新しい展開の時代です。大暦（七六六〜七七九）と元和（八〇六〜八二〇）の時期に分けられるでしょう。前者は銭起《せんき》、戴叔倫《たいしゅくりん》、李益《りえき》ら大暦の十才子を中心に、センスのよさを競いました。後者には、韓愈《かんゆ》にリードされた孟郊《もうこう》、賈島《かとう》、李賀《りが》たちと、白居易《はくきょい》の交遊を軸にした元稹《げんじん》や劉禹錫《りゅううしゃく》たちに大別されます。

韓愈は、技巧を廃し言いたいことを存分に書く健康な文学精神を主張した古文復興運動で知られますが、新しい表現を工夫することに意を用いた詩を書き、その門人たちはいわゆる苦吟派と呼ばれています。

白居易は、よく知られた「長恨歌《ちょうこんか》」「琵琶行《びわこう》」などの詩だけでなく、杜甫の社会詩を継承する詩を書いて政治批判をしました。同時にまた、平易な言葉による詩を書くことにも努め、日常的な感慨を書きとめ、盛唐の詩からの新たな展開が見られます。

そのほか、自然詩人として「王・孟・韋・柳」と並称される韋応物《いおうぶつ》や柳宗元《りゅうそうげん》も特色ある自然詩を残しています。

白居易ゆかりの廬山遠望（江西省）

「帰雁」

帰雁《きがん》　銭起《せんき》

瀟湘何事等閑回
水碧沙明両岸苔
二十五絃弾夜月
不勝清怨卻飛来

瀟湘《しょうしょう》 何事《なにごと》ぞ 等閑《とうかん》に回《かえ》る
水《みず》は碧《みどり》に 沙《すな》は明《あき》らかにして 両岸《りょうがん》 苔《こけ》むすに
二十五絃《にじゅうごげん》 夜月《やげつ》に弾《だん》ずれば
清怨《せいえん》に勝《た》えずして 卻飛《きゃくひ》し来《き》たらん

［語釈］　○帰雁　春になって南方の瀟湘から、北に帰っていく雁。雁は、晩秋になって北地から中国の南方に飛来し、翌年春になると、北のシベリア方面に帰って行く。　○瀟湘　瀟水と湘江。湖南省を南から北に流れて、やがて合流して洞庭湖に注ぐ。湖南省霊陵付近で湘江が瀟水に合流するところから洞庭湖までのことを、「瀟湘」地方という。美しい景勝の地として知られ、「瀟湘八景」として詩や画に描かれる。わが国の「金沢八景」などはそれにならったもの。　○何事　どうして…なのか。　○等閑　ためないもなく。気にもかけず。　○二十五絃　瑟《しつ》をいう。大型の琴。　○不勝　堪えきれない。　○清怨　清らかな悲しみ。　○卻飛来　飛び帰っていく。「来」は、動詞に添える助字。押韻の関係上、「去」ではなく「来」を用いた。

［大　意］　帰雁にことよせて、瀟湘の風景の美しさをうたったもの。

［現代語訳］
この美しい瀟湘の地を、雁はどうしてためらいもせずに北へと帰っていくのだろう。
川の水はみどり、川辺の白砂は明るく、両岸は実に見事にこけむしているというのに。
（誰が奏《かな》でるのか）二十五絃の瑟《しつ》を、夜、月明かりの下でかき鳴らすのが聞こえる。

その清らかに澄んだ悲しい音色に堪えきれないで、雁はこの地から北へと飛び帰っていくのだろう。

【詩体・押韻】

七言絶句。「回」「苔」「来」が韻をふむ（上平十の「灰」韻）。

【出典】『唐詩選』巻七。『三体詩』巻一。

【作者】

銭起（七二二～七八〇）、字は仲文《ちゅうぶん》。呉興《ごこう》（浙江省）の人。天宝十載（七五一）の進士。大暦年間（七六六～七七九）に翰林学士になった。「大暦十才子」の一人。郎士元《ろうしげん》とともに「銭郎」と並称された。

【鑑賞】

詩にうたわれた「瑟」については、一般的には「琴《きん》瑟《しつ》」と使用されることが多いです。中国では琴（七絃がふつうですが、古くは五十絃あったといわれています）は柱（ことじ）を用いないので、比較的単調ですが、瑟（二十五絃）は音調を整えるために柱を用いるので、琴を補う楽器とされます。むかし、伝説上の帝王伏羲《ふくぎ》が五十絃の瑟を作らせたが、悲しい音色にたえきれず、半分に割って二十五絃にしたといわれています。また、舜帝の二人の后の娥皇《がこう》・女英《じょえい》の姉妹は、舜が亡くなるとともに後を追って湘江に身投げしました。その彼女たちが瑟を奏《かな》でたとも伝えられています。起句で「瀟湘」と出したから、その連想として転句で「二十五絃」を縁語的に用いたのです。

この詩の妙は、洒落た言い回し、機知的な発想にあるでしょう。起句で、なぜに「等閑」に帰っていくのか、と問いかけますが、その問いかけの理由を承句で説明しています。それも風景の美しさを提示することで。それにしても美しい瀟湘の景色を表現するときに、空行く雁に向かって問いかけるという奇抜な発想はなかなか洒落ているではありませんか。

「秋　日」　秋日《しゅうじつ》　耿湋《こうい》

返照入閭巷
憂来誰共語
古道少人行
秋風動禾黍

返照《へんしょう》　閭巷《りょこう》に入《い》る
憂《うれ》え来《き》たりて　誰《たれ》と共《とも》にか語《かた》らん
古道《こどう》　人行《じんこう》　少《ま》れなり
秋風《しゅうふう》　禾黍《かしょ》を動《うご》かす

〔語釈〕　○返照　入り日の残光。○閭巷　村里の路地。「閭」は、村里の門。○憂来　うら悲しくなる。○人行　人の行き来。○禾黍　イネとキビ。

〔大　意〕　秋の夕暮れの景色を前にしたとき、わき起こる憂いをうたったもの。

〔現代語訳〕
入り日の残光が村里の路地に差し込むとき、
ふとうら悲しくなったわたしの心を、誰と語りあって、慰めればいいのだろう。
古びた街道には人の行き来もほとんどなく、
秋風がイネやキビをそよがせてばかりだ。

【詩体・押韻】

五言絶句。「語」「黍」が韻をふむ（上声六の「語」韻）。

【出典】『唐詩選』巻六。

【作者】

耿湋（七三四〜?）、字は洪源《こうげん》。河東（山西省）の人。宝応元年（七六二）の進士。左拾遺などを歴任。大暦十才子の一人。

【鑑賞】

作者耿湋は、前の銭起と同じく、大暦十才子（大暦（七六六〜七七九）年間に出た詩人十家。司空曙《しくうしょ》、盧綸《ろりん》ら）の一人に数えられる中唐のマイナー・ポエットです。技巧を凝らさない、高雅な詩風で知られます。この詩は旅人として村里を通りかかったときの作とすることもできます。芭蕉の「この道や行く人なしに秋の暮れ」（『笈日記《おいにっき》』）の心象風景や、源経信《つねのぶ》の「夕されば門田《かどた》の稲葉《いなば》おとづれて芦《あし》のまろやに秋風ぞ吹く」（『金葉集』秋）の情景にも通じる小世界でしょう。もっとも、右のように限定する必要もありません。作者の現実の状況を離れて秋の夕暮れのうら悲しくも感傷的な気分としても、十分味わえます。余情を利かせた結句、とくに風すらも視覚的に透明に表現されているのは、まことに印象的です。

なお結句は物さびしさを強調する一面の景です。殷の箕子《きし》が殷墟を通り過ぎたとき、亡国の情景を「麦秀漸漸兮、禾黍油油兮（麦は秀でて漸漸《ぜんぜん》たり、禾黍《かしょ》は油油たり）」とうたったという故事（『史記』宋世家）が連想されますが、もちろんここでは亡国の悲哀とは関係ありません。

漢代の民歌に「古歌」と題された詩があります。その前半は、

秋風粛粛愁殺人　　秋風《しゅうふう》粛粛《しょうしょう》として人《ひと》を愁殺《しゅうさつ》す
出亦愁　入亦愁　　出《い》づるも亦《ま》た愁《うれ》え 入《い》りても亦《ま》た愁《うれ》う
座中何人　　座中何人《ざちゅうなにびと》か
誰不懐憂　　誰《たれ》か憂《うれ》いを懐《いだ》かざる

秋風が何人をもメランコリーにさせることを直接的に述べたものですが、古来多くの人がそのように感受してきた伝統的なものを、耿湋の結句は見事に情景として一幅の絵にしたと言えるでしょう。

「滁州西澗」

滁州《じょしゅう》の西澗《せいかん》　韋《い》応物《おうぶつ》

独憐幽草澗辺生
上有黄鸝深樹鳴
春潮帯雨晩来急
野渡無人舟自横

独《ひと》り憐《あわ》れむ　幽草《ゆうそう》の　澗辺《かんぺん》に生《しょう》ずるを
上《うえ》に　黄鸝《こうり》の　深樹《しんじゅ》に鳴《な》く有《あ》り
春潮《しゅんちょう》　雨《あめ》を帯《お》びて　晩来《ばんらい》　急《きゅう》なり
野渡《やと》　人《ひと》無《な》く　舟《ふね》　自《おのずか》ら横《よこ》たわる

［語釈］○滁州　今の安徽《あんき》省滁県の地。韋応物は四十七歳頃、この地の刺史《しし》（長官）であった。○西澗　西にある谷川。あるいは単なる普通名詞でなく、当地ではそのように呼ばれていた川の名であろう。○憐　しみじみとした感慨をもよおす。○幽草　奥深くひっそりと生い茂っている草。○澗辺　谷川のほとり。○黄鸝　ウグイスの一種。高麗ウグイス。○深樹　茂った木々の深い茂み。○春潮　水かさを増した春の流れ。「潮」は、海の水とは限らず、水脈をいう。○晩来　夕暮。夕暮になって。○野渡　野の渡し場。○自　…はそれなりに。

［大　意］滁州の西の谷川で、雨中の夕暮の風景の美しさとそれに見入る詩人の深い感慨をうたったもの。

［現代語訳］
ひっそりとした草が谷川のほとりに生い茂っているのを見て、ただひとりしみじみとした感慨にふける。
頭上では、高麗ウグイスが木々の深い茂みのなかでさえずっている。
水かさを増した春の流れは雨を伴い、夕暮になるにつれていよいよ流れが速まり、
野の渡し場には人影もなく、舟だけが横たわっている。

【詩体・押韻】

七言絶句。「生」「鳴」「横」が韻をふむ（下平八の「庚」韻）。

【出典】『唐詩三百首』巻六。『三体詩』巻一。

【作者】

韋応物（七三六〜?）、字は未詳。長安の人。若いころは任侠をこのんだが、一念発起して励み、貞元二年（七八五）蘇州（江蘇省）の刺史となった。そのため韋蘇州と呼ばれる。その後の経歴はよくわからない。陶淵明を慕い、自然を対象にした清らかな詩風で、自然派詩人として「王孟韋柳」と並称される。

【鑑賞】

自然派を代表する詩人らしく、あるがままの自然の美しさや清らかさが描き出されています。その情景を見ている詩人の内面は一切述べられてなく、ただ冒頭に「独憐」と記すだけです。しかし詩人の今生きてあることの心境と価値観は詩中に十分表現されています。この境地を支える認識が、結句の「舟自横」の「自」の一字にあるからです。ここの箇所が訳しにくいのは、実はそのことと深くかかわっています。草、谷川、ウグイス、急な流れ、誰もいない野の渡し場、そして舟、それぞれがそれ自体としてそこに存在していることの確かさに、詩人は感慨を覚えたのです。したがって「舟自横」の「自」は、舟自体の存在のままに、という深い意味合いを持って表現されているのです。

韋応物のよく知られた五言絶句「秋夜寄丘二十二員外」（秋夜《しゅうや》 丘《きゅう》二十二員外《いんがい》に寄《よ》す）では、山奥で松かさが落ちる静寂の自然美が、遠方にいる友人を思う心情として描かれています。

懐君属秋夜　君《きみ》を懐《おも》いて秋夜《しゅうや》に属《ぞく》す
散歩詠涼天　散歩《さんぽ》して涼天《りょうてん》に詠《えい》ず
山空松子落　山空《やまむな》しくして 松子《しょうし》落《お》つ
幽人応未眠　幽人《ゆうじん》 応《まさ》に未《いま》だ眠《ねむ》らざるべし

「湘南即事」　戴《たい》叔《しゅく》倫《りん》

盧橘花開楓葉衰
出門何処望京師
沅湘日夜東流去
不為愁人住少時

湘南即事《しょうなんそくじ》

盧橘《ろきつ》 花開《はなひら》きて 楓葉《ふうよう》 衰《おとろ》う
門《もん》を出《い》でて 何処《いずこ》にか 京師《けいし》を望《のぞ》まん
沅湘《げんしょう》 日夜《にちや》 東《ひがし》に流《なが》れ去《さ》る
愁人《しゅうじん》の為《ため》に住《とど》まること少時《しょうじ》もせず

［語釈］○湘南　洞庭湖にそそぐ湘江一帯の地。○即事　おりにふれての作。即興的にできた、という意味をふくむ。○盧橘　柑橘類の一種。初冬に花が咲き、実を結ぶ。○楓　ふう。まんさく科の落葉高木。便宜上かえでと読んでいるが、日本のかえでとは異なる。○何処　いったいどこに（疑問の意）。ここでは、…するところはどこにもないのだ、と反語に解してもよい。○京師　都。長安をさす。○沅湘　ともに北流して洞庭湖にそそぐ。沅江と湘江。○東流去　海に向かって流れ去る。中国の川は、結局は海にそそぐので、すべて東流するものとされた。ここでは、還らぬもののたとえとして使われている。○愁人　かなしみにうち沈んでいる人。作者自身をいう。○住　ここでは、流れをやめる意。○少時　わずかな時間。

［大　意］　都から遠くはなれた湘南の地にいる詩人が、秋から冬への風景を前にしたとき、望郷の念を強く抱き、とり逃がしていく時間の流れを嘆いてうたったもの。

［現代語訳］
（いつしか時も過ぎ）盧橘の花が咲き、楓《ふう》のもみじも色あせてゆく。
戸外に出て、都の長安をながめようとしても、（あまりに遠いので）どの方向を見やったらよいのだろう。

沅江と湘江の水は昼も夜も東の方、海に流れ去るばかりだ。
この悲しみにうち沈むわたしのために、少しの間とどまってくれるようなこともしない。

[詩体・押韻]

七言絶句。「哀」「師」「時」が韻をふむ（上平四の「支」韻）。

[出典]『三体詩』巻一。

[作者]

戴叔倫（七三二～七八九）。字は幼公《ようこう》。潤州金檀（江蘇省）の人。地方官を歴任し、晩年辞職して道士となった。中唐の初期に活躍した詩人で、自然詩の他、社会詩も作った。

[鑑賞]

この詩は、建中元年（七八〇）、作者四十九歳のとき、潭州《たんしゅう》（湘南省長沙市）の地に任をえて滞在していた頃の作です。したがって作者が都長安を望みやらんとするのは強い望郷の念からなのです。

ところで主題である望郷の念を表現するのに、作者は二つの感情をおりこんで歌っています。一つは晩秋から初冬へと向かう眼前の風景からの時間の流れに対してであり、もう一つはひたすら東海へと流れゆく水から喚起される無常感です。その季節感と無常感とが、望郷の念を複雑なものにし、強いものにしているのです。特に結びの「愁人の為に住まること少時もせず」という句には、焦燥感がよく出ています。

なお、第三句の「沅湘 日夜 東に流れ去る」は、言うまでもなく孔子の「川上《せんじょう》の嘆《たん》」をふまえています。

子（孔子）川の上《ほと》りに在《あ》りて曰《い》わく、「逝《ゆ》く者は斯《か》くの如《か》き夫、昼夜を舎《お》かず」（『論語』子罕《しかん》篇）

作者は「贈殷亮」（殷亮《いんりょう》に贈る）七言絶句の起承の二句でも、

日日河辺見水流　日日《にちにち》 河辺《かへん》に水《みず》の流《なが》るるを見《み》
傷春未已復悲秋　春《はる》を傷《いた》みて未だ已《や》まざるに復《ま》た秋《あき》を悲《かな》しむ

と同趣の心境をうたっています。

「従軍北征」

軍《ぐん》に従《したが》いて北征《ほくせい》す

李《り》益《えき》

天山雪後海風寒
横笛偏吹行路難
磧裏征人三十万
一時回首月中看

天山《てんざん》 雪後《せつご》 海風《かいふう》寒《さむ》し
横笛《おうてき》 偏《ひと》えに吹《ふ》く 行路難《こうろなん》
磧裏《せきり》の征人《せいじん》 三十万《さんじゅうまん》
一時《いちじ》に首《くび》を回《めぐ》らして 月中《げっちゅう》に看《み》る

［語釈］ ○北征　北方への旅。○天山　天山山脈。新疆ウイグル自治区を横断する山脈。○海風　砂漠の風。砂漠を「海」と表現している。○横笛　よこぶえ。笛はもともと中央アジアから伝来した楽器である。○偏吹　ひたすら笛を吹く。○行路難　楽曲の名。昔から旅のつらさや人生の苦難をうたう曲として知られる。○磧裏　「磧」は砂漠。「裏」は中。○一時　さっと。○回首　振り返る。○看　じっと見つめる。

［大　意］ 砂漠の中を雪や風に苦しめられながら行軍する三十万兵士の姿を、横笛の調べを重ねてドラマチックにうたうもの。

［現代語訳］
天山に雪が降った後も、砂漠を吹きわたる風は冷たい。
横笛はしきりに「行路難」の曲を吹きならす。
砂漠を行軍する三十万の出征兵士たちは、
いっせいに振り返り、月の光のなか、笛が鳴る方角をじっと見つめるのだった。

[詩体・押韻]

七言絶句。「寒」「難」「看」が韻をふむ（上平十四の「寒」韻）。

[出典]『唐詩選』巻七。

[作者]

李益（七四八～八二七）、字は君虞《くんぐ》。隴西《ろうさい》姑蔵《こぞう》（甘粛省武威県）の人。李賀と同族。大暦四年（七六九）の進士で、地方官を長く勤め、最後は礼部尚書になった。辺塞の地への従軍の経験があり、その従軍詩を楽人《がくじん》たちが争って求め、雅楽にしたといわれる。

[鑑賞]

作者李益はのちには礼部尚書まで出世した人であるが、それまでは各藩鎮の従事として長い間辺塞の地を転々としました。そこでの体験にもとづいた、いわゆる「辺塞詩」が作者の得意とする詩であり、この詩もその一首です。

天山の雪、砂漠の嵐、と冒頭から辺境の厳しさがスケール大きな景として把握され、次にその空間を横切る笛の調べをもってきて、感傷は頂点に達します。しかもその曲が昔から多くの人が嘆いた「行路難」という人生行路の難しさをテーマとするものなのです。「偏」という何気ない一字にも、旅する者の苦しみなんかを無視して意地悪く、という意が込められていて、巧みです。

前半二句で感傷の頂点に達した思いは、後半の二句で情景に託されて描き出されています。詩はあくまでも一つの場面を描くことに専念され、露骨な感傷の吐露を避けているかのようです。作者はできる限りカメラの眼と化し、スケール大きく動的に一篇のドラマの、その一コマを表現して見せます。砂漠の中を、雪や嵐に苦しめられながら行軍する三十万もの兵士がいっせいに振り仰ぐ姿が、横笛の調べに乗ってドラマチックに描き出されているといえましょう。

「左遷至藍関、示姪孫湘」

左遷《させん》されて藍関《らんかん》に至《いた》り、姪孫《てっそん》の湘《しょう》に示《しめ》す

韓《かん》愈《ゆ》

一封朝奏九重天
夕貶潮州路八千
欲為聖明除弊事
肯将衰朽惜残年
雲横秦嶺家何在
雪擁藍関馬不前
知汝遠来応有意
好収吾骨瘴江辺

一封《いっぷう》 朝《あした》に奏《そう》す 九重《きゅうちょう》の天《てん》
夕《ゆう》べに潮州《ちょうしゅう》に貶《へん》せられる 路《みち》 八千《はっせん》
聖明《せいめい》の為《ため》に弊事《へいじ》を除《のぞ》かんと欲《ほっ》す
肯《あ》えて衰朽《すいきゅう》を将《も》って残年《ざんねん》を惜《お》しまんや
雲《くも》は秦嶺《しんれい》に横《よこ》たわりて 家《いえ》 何《いず》くにか在《あ》る
雪《ゆき》は藍関《らんかん》を擁《よう》して 馬《うま》 前《すす》まず
知《し》る 汝《なんじ》の遠《とお》く来《き》たる 応《まさ》に意《い》有《あ》るべし
好《よ》し吾《わ》が骨《ほね》を収《おさ》めよ 瘴江《しょうこう》の辺《へん》に

[語釈] ○左遷至藍関示姪孫湘　憲宗が仏骨《ぶっこつ》を迎えたことに対して「仏骨を論ずる表」を書いて反対したために、韓愈は帝の怒りを買い、刑部侍郎から南の果ての潮州（広東省）の刺史に左遷された。「藍関」は、藍田関《らんでんかん》。長安の南東、藍田県の峡谷にあった。「姪孫湘」は、兄弟の孫の韓湘《かんしょう》。韓愈の次兄の孫であった。「姪孫」は、おいまご。○一封　一通の上奏文。「仏骨を論ずる表」を指す。○九重天　天子の住む御殿。「九重」は、奥深い意。○貶　左遷される。○路八千　「九重」に対して「八千」といった。実際には、長安から潮州まで、九千六百里という。○聖明　すぐれた天子。○弊事　過ち。○肯　…の気になれようか。とうてい…の気になれない。○将　…で。「以」と同じ。○衰朽　老いぼれの身。このとき韓愈は五十二歳であった。○残年　余命。

余生。○秦嶺　長安の南に横たわる大きな山脈の名。○擁　包み込む。○遠来　はるばるわたしのお伴をして、ここまでついてきた。○応有意　きっと、何か心に考えるところがあってのことだろう。「応」は、きっと…であろうの意。「意」は、考え。心に期するところ。○好　よろしい。相手の行動を是認することば。○収　拾いおさめる。○瘴江　瘴気が立ちこめる南方の江。「瘴」は、炎熱多湿の地に立ちこめる毒気（当時マラリアのごとき伝染病の原因になると考えられた）の意。○辺　あたり。ここでは水辺の意。

〔大　意〕　遠く左遷されて行く身であっても、信念に基づいた行為であったのだから悔いはないのだ、と誇り高くうたうもの。

〔現代語訳〕

朝、一通の上奏文を、九重の奥の天子のもとに奉って、（たちまち天子の怒りにふれて）その日の夕方には、はるか八千里も遠い潮州の地に左遷されることになった。

（なぜこんな事をしたかというと）すぐれた天子のために、過ちを除こうと考えたからだ。いくら老いぼれの身だからといって、余命を惜しむ気になれようか。

（都を立ちここまで来てみると）雲は秦嶺山脈に低くたれこめていて、わが家の方角はどちらになるのか見定めがたく、雪はここ藍関を包み込んでしまっていて、わたしの馬はすすもうともしない。

君がこうして（私のことを気にして別れを惜しみ）こんなに遠くまでわたしについてきてくれたのは、きっと君にも含むところがあってのことに違いない。よろしい、それならわたしが死んだ後、わたしの骨を瘴気たちこめる川のほとりで拾い収めてくれたまえ。

【詩体・押韻】

七言律詩。「天」「千」「年」「前」「辺」が韻をふむ（下平一の「先」韻）。

【出典】『韓昌黎集《かんしょうれい》』巻十。

【作者】

韓愈（七六八～八二四）、字は退之《たいし》。南陽（河南省）の人。また、昌黎《しょうれい》（河北省）の出身ともいわれる。幼い頃に両親と死別し、兄と兄嫁に養育され、苦労して二十五歳で進士に及第した。何度も左遷を経験したが、国士博士・国士祭酒・兵部侍郎・吏部侍郎などを歴任して出世の道を歩み、死後に礼部尚書を贈られた。柳宗元とともに、古文復興運動をもって知られ、その文章は気魄に満ちた雄大なものが多い。また彼の詩は文章とはやや趣きを異にし、言葉の選択に苦心した幻想的で難解な作品が多く、孟郊《もうこう》・賈島《かとう》・盧同《ろどう》・李賀らの苦吟派の詩人たちを門下にもった。そのように詩や文章に影響力の大きな文学者であった。杜甫を李白と並ぶ詩人としてはじめて高く評価したことでも知られる。

【鑑賞】

元和十四年（八一九）、仏教を厚く信奉した憲宗に対して、当時刑部侍郎（法務次官）であった韓愈は、「仏骨を論ずる表」を上奏して帝の怒りに触れ、即刻潮州刺史に左遷されたのです。左遷の辞令は正月十四日に出され、その日のうちにあわただしく出発して行かねばならなかったのですが、その際長安の東南三十キロほどにある藍関まで、姪孫の韓湘が見送ってくれました。この詩はその時の留別の詩（旅立つ人を見送るものがうたうのが送別詩、旅行く人が送ってくれるものに対してうたうのが留別詩）です。

そのような切迫した事情をもつ詩であるためでしょう、韓愈の激しい気性と高い心意気とがストレートに伝わる詩です。特に律詩の生命ともいうべき整斉された対句が厳しく強い作者の精神と激情とを表現しています。律詩は真ん中の二聯が対句でなければならないことがきまりですが、この詩ははじめの二句も対句になっていて、さらに厳整さを重ねています。朝と夕の時間が対比され、上奏文を奏ったあと即刻左遷された、その間の時間がきわめて短いこと、それも天子のいる長安から「八千里」も離れた僻地へ行くのだと、距離的にも強調されています。続く第三句と第四句の対句で己の心情と心意気とを激しく吐き出しています。第五句と第六句の対句では、一転して眼前の厳しい時節と風景とをスケール大きく描写し、最後の二句で韓湘の好意への感謝の念を力強く述べています。むしろ気づかう韓湘を勇気づけているかのように。

普通なら、左遷されて行く者を、見送るものが励ますという形をとるものです。しかしこの詩の両者はむしろ逆のようです。左遷されて行こうとも、自分のやったことは「聖明の為に弊事を除かんと欲」した行為であったのだ、したがって左遷の憂き目にあおうとも「肯て衰朽を将って残年を惜まんや」なのです。左遷という挫折の後悔はさらさらありません。そのことを強く若い韓湘に印象付けるのです。しかも赴任地が瘴気の立ちこめるところであろうとも、自分の気概はびくともしない、むしろ厳しい地であればこそ余計に大きく信念は表白されるのです。めそめそするでない、韓湘よ、「好し吾が骨を収めよ　瘴江の辺に」、といった具合にむしろ青年の志を激励する口調なのです。

ところで韓愈は士人としての強い使命観をもって、その道徳や倫理を力強い筆致で表現した散文で文学史上評価される文学者ですが、この詩を書くことになった事情や詩自体にも彼の面目躍如たるところが出ています。

ただ、文学者は決して堅物だけであったわけではないのは言うまでもありません。次の「柳巷《りゅうこう》」と題された五言絶句などは役人として粋《いき》な一コマを語っています。

柳巷還飛絮　柳《やなぎ》の巷《ちまた》 還《ま》た絮《わた》を飛《と》ばす
春余幾許時　春余《しゅんよ》 幾許《いくばく》の時《とき》ぞ
吏人休報事　吏人《りじん》 事《こと》を報《ほう》ずるを休《や》めよ
公作送春詩　公《こう》（わたし）は春《はる》を送《おく》る詩《し》を作《つく》る

いっとき仕事の手を休め、行く春を惜しむ詩を作るのだから、君たちよ事務上の報告はひかえてくれ、といっているのです。

「度桑乾」

賈《か》島《とう》

客舎幷州已十霜
帰心日夜憶咸陽
無端更度桑乾水
卻望幷州是故郷

桑乾《そうかん》を度《わた》る

幷州《へいしゅう》に客舎《かくしゃ》すること 已《すで》に十霜《じっそう》
帰心《きしん》 日夜《にちや》 咸陽《かんよう》を憶《おも》う
端《はし》無《な》くも更《さら》に度《わた》る 桑乾《そうかん》の水《みず》
卻《かえ》って幷州《へいしゅう》を望《のぞ》めば 是《こ》れ故郷《こきょう》

［語釈］ ○度　渡る。○桑乾　桑乾河《そうかんが》。山西省北部を流れて北京郊外の永定河となり、渤海湾に注ぐ。○客舎　旅館の意から、ここでは動詞化して、旅住まいする意。○幷州　今の山西省太原市。○十霜　十年。○咸陽　秦の都。ここでは、長安（渭水を挟んで隣接する）を指す。唐詩にあっては長安を咸陽と呼ぶことが多い。また押韻の関係で咸陽としたとも言える。○無端　思いがけず。たまたま。○卻　振り返る。○是　…である。be動詞に相当する。

［大　意］　十年の長きにわたって旅住いし、郷里に帰りたい帰りたいと思っていた幷州の地が、桑乾河を渡ってさらに北へと旅立つ今、なんと第二の故郷のように思われたとうたう。

［現代語訳］

幷州の地に旅住まいするようになって、もうすでに十年にもなる。

その間、帰りたいとの思いは抑えがたく、昼も夜も咸陽のことを思い続けてきた。

このたび思いがけずさらに桑乾河を渡り、遠く北方に行くことになった。

今ここから、はるかに幷州の地を振り返ってみると、これまで仮の宿としか思えなかった幷州がまるで故郷のように懐かしく感ぜられるのだった。

[詩体・押韻]

七言絶句。「霜」「陽」「郷」が韻をふむ（下平七の「陽」韻）。

[出典]『唐詩選』巻七。

[作者]

賈島（七七九〜八四三）、字は浪仙《ろうせん》（または閬仙《ろうせん》とも）。范陽（河北省）の人。はじめ出家して無本《むほん》と号したが、のちに韓愈に認められて還俗した。何度も受験した進士科には合格できなかった。やがて遂州《すいしゅう》（四川省）の主簿、ついで普州（四川省）の司倉参軍となったが、任に着くことのないまま没した。苦吟の詩人として知られ、「僧は推《お》す 月下の門」にするか、「僧は敲《たた》く 月下の門」にするか、韓愈に問うた「推敲《すいこう》」の故事（『唐詩紀事』に載せる）で有名である。

[鑑賞]

賈島は范陽（河北省）の人ということになっていますが、もともと○○の人と言う場合は先祖の地をいうので、賈島にとっての第一の故郷は都長安でした。異郷の并州で十年もの長い間客舎していて、そして思いもかけないことにさらに桑乾河を渡って北に行かなければならなくなったとき、今まで居心地が坐らず住んでいた并州が第二の故郷のように懐かしく思われた、という発想の面白さが、この詩の眼目です。言われてみるとなるほどそうだと納得される物言いなのですが、そういう心理の動きを巧みに着想するところに、賈島という詩人の新しさがあるでしょう。賈島は孟郊《もうこう》とともに中唐の苦吟派を代表しますが、この詩にはわが国の『古今集』の詩人にも共通する頭でひねり出す新しさをもとめる苦心のさまがうかがえるような気がします。何気ない言い方なのですが、「端無くも更に度る」という表現にも、都を思い続けていたのに、都に帰れないばかりか、逆にさらに北方に行かなければならなくなった驚きと悲嘆と皮肉が的確です。

「秋　思」

秋思《しゅうし》　　張籍《ちょうせき》

洛陽城裏見秋風
欲作家書意万重
復恐忽忽説不尽
行人臨発又開封

洛陽城裏《らくようじょうり》　秋風《しゅうふう》　見《み》ゆ
家書《かしょ》を作《つく》らんと欲《ほっ》して　意《い》　万重《ばんちょう》
復《ま》た恐《おそ》る　忽忽《こつこつ》として説《と》き尽《つ》くさざるを
行人《こうじん》　発《はっ》するに臨《のぞ》みて　又《ま》た封《ふう》を開《ひら》く

［語釈］　○秋思　秋の物思い。楽府題《がふだい》の名。　○洛陽　長安と並んで唐の都であった。東都、副都とも呼ばれた。　○城裏　城壁で囲まれた街の中。　○見秋風　晋の時代、張翰《ちょうかん》は洛陽で秋風の吹きはじめたのを感受し、郷里の呉のことが強く思い起こされ、ついに辞任して故郷に帰った。詩の中で「秋風」から「家書」へとつながってゆくのは、この故事を念頭においているのである。○家書　家への手紙。　○意万重　故郷への思いがいくえにもつもり重なること。　○復　ふと改めて。　○忽忽　あわただしいさま。　○説不尽　言い尽くさない。　○行人　旅人。ここでは、手紙を託してわが家へ届けてもらう旅人。　○臨発　出発するに際して。　○又開封　気がかりになって、もう一度手紙の封を開いて見直す。

［大　意］　秋風に故郷への思いがつのり、家族に手紙を書く人の、そのときの細やかな心理をうたったもの。

［現代語訳］
洛陽のまちに滞在しているうちに、いつか秋風の吹き始める時節になってしまった。
家への手紙を書こうと思うと、思いが次々とつもり重なり湧いてくる。
あわただしく書いたので、言いつくせぬことがありはしなかったかとふと改めて気がかりになり、手紙を託す旅人が出発するに際して、もう一度封を開いて見直すのであった。

【詩体・押韻】
七言絶句。「風」（上平一の「東」韻）と「重」「封」（上平二の「冬」韻）が通押している。

【出典】「三体詩」巻一。

【作者】
張籍（七六八～八三〇？）、字は文昌《ぶんしょう》。和州烏江《うこう》（安徽省）の人。貞元十五年（七九八）進士に及第。韓愈の推薦で国士博士となり、国士司業（副学長）に至った。韓愈の門下として孟郊や賈島と肩を並べたが、その詩風はどちらかといえば白居易のグループに近く、王建《おうけん》とともに楽府《がふたい》体の詩をよくし、「張・王の楽府」と称された。

【鑑賞】
この詩は、遠く故郷の家族に手紙を書きしたためる人の心理がまことに手に取るように描かれています。手紙を託した旅人がいざ出発のとき、言い残したことはなかったかと気になり、また封を開けるという行為は、現代のわたしたちにあっても身近に経験することではないでしょうか。しかも時代は交通事情の思うに任せない頃のことです。「家書」がどれほどの思いを込めたものであるか、筆舌に尽くしがたいものであったでしょう。「秋風」から望郷の念、さらに「家書」への連想というよく知られた故事を利用しながら、しかしそれが陳腐なものに終わらないのは、特に細やかな心理描写がなされた巧みな後半の二句の表現ゆえです。
また、「見」「復」「又」などの何気ない一字にも、作者の心配りがうかがえます。「秋風 聞こゆ（秋風を聞く）」としないで「見ゆ（見る）」とした方が、秋風に吹かれる秋景色が画としてよりリアルに思い浮かびます。「復」「又」は、ふと気がかりな思いがわき起こる切実感と、その行為の強調という役割を担う一字です。

「八月十五日夜禁中独直対月憶元九」

八月十五日夜《はちがつじゅうごにちよる》、禁中《きんちゅう》に独直《どくちょく》し、月《つき》に対《たい》して元九《げんきゅう》を憶《おも》う

白居易《はくきょい》

銀台金闕夕沈沈
独宿相思在翰林
三五夜中新月色
二千里外故人心
渚宮東面煙波冷
浴殿西頭鐘漏深
猶恐清光不同見
江陵卑湿足秋陰

銀台《ぎんだい》 金闕《きんけつ》 夕《せき》 沈沈《ちんちん》
独宿《どくしゅく》 相思《そうし》 翰林《かんりん》に在《あ》り
三五夜中《さんごやちゅう》 新月《しんげつ》の色《いろ》
二千里外《にせんりがい》 故人《こじん》の心《こころ》
渚宮《しょきゅう》の東面《とうめん》 煙波《えんぱ》 冷《ひ》ややかに
浴殿《よくでん》の西頭《せいとう》 鐘漏《しょうろう》 深《ふか》し
猶《な》お恐《おそ》る 清光《せいこう》 同《とも》に見《み》ざるを
江陵《こうりょう》 卑湿《ひしつ》 秋陰《しゅういん》 足《た》る

【語釈】○禁中　宮中。「独直」は、一人で宿直すること。○元九　元稹《げんじん》をいう。「九」は、排行《はいこう》（一族中の男子の出生順序）が九番目であること。○銀台金闕　美しい宮廷の高楼や門。「闕」は、楼門。○夕沈沈　静かに夜がふけていく。○相思　人を恋う。また、思う人。ここでは、元稹のこと。「相」は、相手に働きかけることを示す。○翰林　翰林院。作者は、翰林学士（皇帝の秘書役）であった。○三五夜　十五夜。○新月　上がったばかりの月。○渚宮　昔の楚の宮殿。元稹の居る所の景をいう。○煙波　もやにけぶる水面。○浴殿　長安大明宮の浴堂殿。その西に翰林院があった。○西頭　西のあたり。○鐘漏　時を告げる鐘や水時計。○不同見　ここで見るのと同じようには見えない。○卑湿　土地が低く、湿気が多いこと。○足　多い。○秋陰　秋のかげり。

［大　意］　八月十五日禁中で宿直中、中秋の名月を見ながら、はるか江陵の地に左遷されている親友の元稹の身を思いやってうたった友情の詩。

［現代語訳］

美しい宮廷や高楼や門のあかり、夜はしんしんと静かにふけてゆき、わたしはただ一人翰林院で宿直しながら、君のことを思っている。

十五夜の上がったばかりの明月を見るにつけ、はるか二千里のかなた、遠くにいる君は今どんな気持ちでいるのか、と胸痛む思いがする。

君のいる渚宮の東の方も、もやにかすむ水面が冷えびえと月光に照らされていることであろう。このわたしのいる浴堂殿の西のあたりは、時を告げる鐘や水時計の音が余韻を響かせ、夜も一段とふけてきた。

やはり気にかかるのは、君が見る月は、ここで見る清らかな月光と同じようには見えないのではないか、ということだ。君のいる江陵の地は、土地が低く湿地帯で、秋のかげりが多いであろうから。

［詩体・押韻］

七言律詩。「沈」「林」「心」「深」「陰」が韻をふむ（下平十二の「侵」韻）。

［出典］『白氏文集』巻十四（テキストによっては巻二に収録）。

［作者］

白居易（七七二〜八四六）、字は楽天《らくてん》。陶淵明に傾倒して酔吟先生、晩年には仏教を好み香山居士《こうざんこじ》と号した。太原（山西省）の人。寒門（門閥貴族の家柄ではない）の出身であったが、受験勉強に励み、二十九歳で進士に及第した。三十七歳から三十九歳にかけて左拾遺という天子を諫める官にあるとき、「貪吏《たんり》を疾《にく》む」という副題を持つ「黒潭龍《こくたんりゅう》」の詩など、社会政治批判の「新楽府《しんがふ》」の連作を次々に発表した。江州の司馬に左遷されたり、杭州や蘇州の刺史を経て、最後は刑部尚書（法務大臣）で退官した。閑適詩（日常的な感慨を記した類の詩）や、

「長恨歌」「琵琶行」などの感傷詩にも優れる。『白香山集』という彼の全集は『白氏文集』(日本では「はくしもんじゅう」と読みならわされてきたが、近年では古くは「はくしぶんしゅう」と読まれたということが定説になりつつある)とも呼ばれてきた。。

【鑑賞】

この詩は、友人の元稹が江陵(湖北省)へ左遷されたとき、都にいた作者が彼を心配して作ったものです。白居易三十九歳、元稹三十二歳でした。

友人を思う心を述べる場合に、自己と友人とを対比させて歌い、そこに月光を媒介にしているところが巧みです。人が人を、月を媒介にして思うというのは、伝統的な発想で、杜甫の「月夜」の詩では妻を思うたい方でした。

第三句と第四句、第五句と第六句とが、見事な対句で構成されています。第三句で月をながめる自分のことを、第四句でははるか遠くの元稹の気持ちを、第五句では元稹のいる江陵を、第六句では自分のいる都長安をうたっています。そういう意味上の対応が、「三五」と「二千」、「中」と「外」、「新月」と「故人」、「渚宮」と「浴殿」、「東面」と「西頭」、「冷」と「深」といった語の生き生きとした対比によって強調されています。そのうち第三句と第四句との対句は、わが国でも古くから愛誦され、『和漢朗詠集』や『源氏物語』須磨の巻などに引用されています。

ちなみに、元稹との友情は、元稹が五十三歳で死ぬまで変わらず続きました。この詩に答える元稹の詩も現在伝わっています。

「香炉峰下新卜山居、草堂初成、偶題東壁」

香炉峰下《こうろほうか》 新《あら》たに山居《さんきょ》を卜《ぼく》し、草堂《そうどう》初《はじ》めて成《な》り、偶《たま》たま東壁《とうへき》に題《だい》す

白居易《はくきょい》

日高睡足猶慵起
小閣重衾不怕寒
遺愛寺鐘欹枕聴
香炉峰雪撥簾看
匡廬便是逃名地
司馬仍為送老官
心泰身寧是帰処
故郷何独在長安

日《ひ》高《たか》く 睡《ねむ》り足《た》りて 猶《な》お起《お》くるに慵《ものう》し
小閣《しょうかく》 衾《きん》を重《かさ》ねて 寒《かん》を怕《おそ》れず
遺愛寺《いあいじ》の鐘《かね》は 枕《まくら》を欹《そばだ》てて聴《き》き
香炉峰《こうろほう》の雪《ゆき》は 簾《すだれ》を撥《かか》げて看《み》る
匡廬《きょうろ》は便《すなわ》ち是《こ》れ 名《な》を逃《のが》るるの地《ち》
司馬《しば》は仍《な》お 老《おい》を送《おく》るの官《かん》 為《た》り
心《こころ》泰《やす》く 身《み》寧《やす》きは 是《こ》れ帰《き》する処《ところ》
故郷《こきょう》は何《なん》ぞ独《ひと》り 長安《ちょうあん》のみに在《あ》らんや

【語釈】○香炉峰　廬山《ろざん》（江西省にある名山）の北方の峰。形が香炉に似ているので名づけられた。前出の李白の「廬山の瀑布を望む」詩に出る香炉峰は、こことは別で、廬山の南方の峰である。○卜　土地の吉凶をうらなう。○草堂　草葺きの粗末な家。○初成　…したばかり。○偶題東壁　たまたま、東の壁に書きつける。○小閣　小さな二階屋。○衾　夜着。掛け布団の類。○遺愛寺　香炉峰の北にある寺。○欹枕聴　枕を傾けるようにして聞き入る。○撥簾看　簾をはね上げてよく見る。○匡廬　廬山の別名。「匡氏の廬《ろ》」からいう。殷周の時代、匡俗《きょうぞく》ら七人の兄弟がこの山に廬《いおり》を構えて隠棲した。○便是　…こそ…である。○逃名　世俗の名声から遠ざかる。○司馬　州の刺史（長官）に属する官。名目だけの閑職であった。○仍為　やはり…だ。

○心泰身寧　心身が安らかであること。○帰処　心の本来の落ち着き場所。○何独　どうして…だけに限ろうか。

[大　意]　香炉峰のふもとに建てた草堂が落成したとき、名利から身を退けるようにしてこの地で過ごす、自適の心を壁に書きつけたもの。

[現代語訳]

日はすでに高く、眠りも十分なのだが、まだ起き出すのはおっくうだ。ささやかなわが家の二階で掛け布団を重ねて横になっているので、寒さの心配もない。

遺愛寺から響いてくる鐘の音は、枕を傾けるようにしてじっと耳をすませて聞き、香炉峰に積もる雪は、（手をのばして）部屋の簾をはね上げてながめる。

ここ廬山こそは世間の名声から身を引くのにふさわしい土地であり、今ついている司馬の官職は、やはり老いた身に適した閑職である。

心も身も安らかでいられるところこそ、人間本来の安住の場所である。（だから）故郷はなにも長安だけにあるわけではないのだ。

[詩体・押韻]

七言律詩。「寒」「看」「官」「安」（第一句末「起」は押韻していない）が韻をふむ（上平十四の「寒」韻）。

[出典]『白氏文集』巻十六。同題の詩が一首、および「重ねて題す」四首の連作があり、この詩は連作中の第三首である。

[作者]

白居易（七七二～八四六）。

[鑑賞]

元和十年（八一五）白居易は、当時の宰相武元衡《ぶげんこう》暗殺事件に関して、犯人逮捕を強く促す上書をしましたが、それが越権行為とみなされ、江州（江西省九江市）の司馬に左遷されました。この地にはあしかけ四年滞在することになりますが、三年目に、廬山の諸峰の一つ、香炉峰のふもとに草堂を完成させました。詩は、このときの喜びをうたいあげたもので、いわゆる「閑適詩」を代表する作品で、白居易は晩年書いた「北窗の三友」詩の冒頭に次のようにうたい出しています。

今日北窗下　今日《こんにち》 北窗《ほくそう》の下《もと》
自問何所為　自《みずか》ら問《と》う 何《なん》の為《な》す所《ところ》ぞと
欣然得三友　欣然《きんぜん》として三友《さんゆう》を得たり
三友者為誰　三友《さんゆう》なる者《もの》は誰《たれ》と為《な》す
琴罷輒挙酒　琴《きん》 罷《や》めば輒《すなわ》ち酒《さけ》を挙《あ》げ
酒罷輒吟詩　酒《さけ》 罷《や》めば輒《すなわ》ち詩《し》を吟《ぎん》ず
三友遞相引　三友《さんゆう》は遞《たが》いに相《あ》い引《ひ》き
循環無已時　循環《じゅんかん》して已《や》む時無《ときな》し

陶淵明に「子の儼等《げんら》に与うる疏《そ》」という文章があり、その中の「五六月中、北窓の下に臥《が》し、涼風の暫く至るに遇《あ》えば、自ら謂《おも》えらく、是《こ》れ羲皇上《ぎこうじょう》の人（古代の民）かと」をふまえてうたい出し、そこに「三友」として「雪月花」をもってきたところに、白居易の淵明の文章からの換骨奪胎の風流がうかがえます。

頷聯の二句は、わが国平安朝でよく読まれ、『和漢朗詠集』『源氏物語』『大鏡』などに引かれています。とりわけ中宮定子から女房たちに「香炉峰の雪はいかならむ」と謎かけをしたとき、清少納言がみすを高く巻き上げて、外の雪景色が見えるように機転を利かせた逸話（『枕草子』二九九段）がよく知られています。

元稹宛の書簡「微之《びし》に与《あた》うる書」の中で、「自分や家族や親族たちが皆建康であること」、「江州は住み良く、司馬の安い俸給でも十分に生活できること」「老いを終えるにふさわしい草堂を構えることができたこと」を「三泰」（安心して生活できる三点）だと喜んでいます。

この廬山のふもとの町はずれは、東晋末宋初の隠逸詩人陶淵明が故郷とした土地でした。淵明は四十一歳のとき、きっぱりと官を辞めて、自己の本来の居場所である田園に帰ります。かれの詩のキーワードの一つは「帰」の一字でした。自分が自分らしくあり得る場に帰る、というものです。かねてから陶淵明を慕っていた白居易はこの赴任地で、さらに陶淵明への傾斜を深めます。この詩は白居易の自適の境地が存分に語られた詩なのです。

「聞白楽天左降江州司馬」

白楽天《はくらくてん》の江州司馬《こうしゅうしば》に左降《さこう》せらるるを聞《き》く　元稹《げんじん》

残燈無焔影幢幢
此夕聞君謫九江
垂死病中仍悵望
暗風吹雨入寒牕

残燈《ざんとう》　焔《ほのお》無《な》くして　影《かげ》　幢幢《しょうしょう》たり
此《こ》の夕《ゆう》べ　君《きみ》が九江《きゅうこう》に謫《たく》せらるるを聞《き》く
垂死《すいし》の病中《びょうちゅう》　仍《しき》りに悵望《ちょうぼう》すれば
暗風《あんぷう》　雨《あめ》を吹《ふ》きて　寒牕《かんそう》に入《い》る

[語釈]　○左降　左遷される。○無焔　燈火の炎があがらない。周りが薄暗い意を表す。「焔」は、光をいう。○幢幢　揺れ動くようす。たよりなげな炎の光をいう。○謫　左遷される。○垂死　死にかかる。今にも死にそうな体であることをいう。○仍悵望　悲しみの中に思いをはせてばかりいる。「仍」は、続けて、重ねての意。ここの三字を『唐詩選』は「驚坐起」（驚きて坐起す）と作る。○入寒牕　窓から冷たく吹き込んでくる。「牕」は、窓。

[大　意]　左遷されて病床にいる作者が、友人の白居易が同じく左遷されたと聞いたときの、ことばにならない思いをうたったもの。

[現代語訳]

消え残りで炎もあがらない灯火の影が揺らめいている。
この夜、君が九江の地に流されたことを聞いた。
瀕死の病床にあるわたしは、そのことがもう気にかかってばかりだったが、
その間ずっと、暗闇のなか、風が冷たい雨を窓辺にふき込んでいた。

【詩体・押韻】

七言絶句。「憧」(上平二の「冬」韻)と「江」「牕」(上平三の「江」韻)が通押する。

【出典】『唐詩選』巻七。一に題を「聞楽天授江州司馬」(楽天の江州司馬を授けらるるを聞く)に作るものもある。

【作者】

元稹(七七九~八三一)、字は微之《びし》。「げんじん」とも「げんしん」とも読みならわされている。洛陽(河南省)の人。十五歳で明経科を皮切りに二十四歳で抜萃科、二十七歳で制挙に合格した秀才であった。白居易と受験のころから共に準備した親友でもあった。彼もまた政治改革に意欲的で、そのため中央と地方官を頻繁に繰りかえさせられた。同平章事(宰相)までなったが、政争に敗れ、たびたび地方に転出したりして、最後は武昌節度使で終わった。

【鑑賞】

前の詩でも触れましたが、元和十年(八一五)八月、白居易は、宰相の武元衡《ぶげんこう》暗殺の犯人を捜し出すようにと上書し、反対派から越権行為だと糾弾されて、江州(江西省九江市)の司馬に左遷されました。それ以前、親友の元稹は通州(四川省達県)の司馬として左遷されていました。この詩からも分かるように、元稹は重い風土病にかかっていましたが、白居易の左遷を聞いて、ベッドから身を起こして親友の身を案じ、言うに言われぬ深い落胆の中にいました。「なぜなのだ、こんな事があっていいのだろうか」と何度もくりかえす時間が転句の「仍悵望」の語句に表されています。結句では心情は一切描かれていませんが、窓をうつ激しい雨の情景と、部屋の中ベッドに座って友人と自己の、ともに歩む人生の苦難を共有する詩人の内面とが、一場面として印象深く読む者の前にありありと提示されています。

「秋風引」

秋風引《しゅうふういん》　劉禹錫《りゅううしゃく》

何処秋風至
蕭蕭送雁群
朝来入庭樹
孤客最先聞

何《いず》れの処《ところ》より　秋風《しゅうふう》至《いた》る
蕭蕭《しょうしょう》として　雁群《がんぐん》を送《おく》る
朝来《ちょうらい》　庭樹《ていじゅ》に入《い》り
孤客《こかく》　最《もっと》も先《さき》に聞《き》く

〔語釈〕　○秋風引　秋風のうた。「引」は歌の意。「○○歌」「○○行」などとともに、楽府題《がふだい》に用いられる。　○何処　どこから。　○蕭蕭　ものさびしい音の形容。　○朝来　今朝がた。「来」は、頃合いを示す。　○孤客　孤独な旅人。ここでは、作者自身を指す。客は、「カク」（漢音）とも「キャク」（呉音）とも読んでいい。

〔大　意〕　誰よりも早く秋風を聞きつけた、孤独な旅人の心をうたったもの。

〔現代語訳〕
いったいどこから、この秋風は吹きよせてくるのだろうか。
ものさびしい音を立て、遠く彼方から雁の群れを送ってくる。
秋風が今朝がたから庭の木々に吹きこんできたのを、
孤独な旅人であるわたしは、誰よりも先に聞きつけたのであった。

【詩体・押韻】
五言絶句。「群」「聞」が韻をふむ（上平十二の「文」韻）。

【出典】『唐詩選』巻六。

【作者】
劉禹錫（七七二〜八四二）、字は夢得《ぼうとく》。中山（河北省）の人とも、彭城《ほうじょう》（江蘇省）の人ともいう。青年時代柳宗元らとともに、王叔文《おうしゅくぶん》・王伾《おうひ》の政治改革運動に参加し、その失敗とともに郎州（湖南省）や連州（四川省）の地方官に左遷された。のちに中央官界に戻ってからは、検校礼部尚書になった。晩年は白居易とともに「唱和詩」を多く作った。

【鑑賞】
この詩の制作は若い頃地方官として左遷されていた任地での作とは必ずしもいえませんが、それにしても「孤客」の語に単なる旅人という事情を越えて、不遇を極める身の上を哀惜する響きがこもっています。敏感に誰よりも早く秋風を感じてしまう感性の背後には、作者の境遇が色濃く影を落としていると読めば詩趣は深まるでしょう。

なお、わが国の平安歌人藤原敏行の「秋来ぬと目にはさやかに見えねども風の音にぞおどろかれぬる」（『古今集』巻四・秋上）と通い合う心がある、と多くの人から指摘されています。

同じく劉禹錫には「秋思《しゅうし》」と題する詩もあります。

自古逢秋悲寂寥　古《いにしえ》より秋《あき》に逢《あ》いて寂寥《せきりょう》を悲《かな》しむ
我言秋日勝春朝　我《われ》は言《い》う　秋日《しゅうじつ》は春朝《しゅんちょう》に勝《まさ》れり
と
晴空一鶴排雲上　晴空《せいくう》に一鶴《いっかく》　雲《くも》を排《はい》して上《のぼ》り
便引詩情到碧霄　便《すなわ》ち詩情《しじょう》を引《ひ》いて　碧霄《へきしょう》（青空）
に到《いた》らしむ

白居易とともに平易な詩を書くことを旨とした彼らしく、この詩も分かりやすい詩です。秋のさびしさこそ詩情をさそうので、春よりもより文学性に富むことを述べたものです。

「江雪」

江雪《こうせつ》　柳《りゅう》　宗元《そうげん》

千山鳥飛絶
万径人蹤滅
孤舟蓑笠翁
独釣寒江雪

千山《せんざん》　鳥《とり》飛《と》ぶこと　絶《た》え
万径《ばんけい》　人蹤《じんしょう》　滅《めっ》す
孤舟《こしゅう》　蓑笠《さりゅう》の翁《おう》
独《ひと》り釣《つ》る　寒江《かんこう》の雪《ゆき》

［語釈］　○江雪　大川に降る雪。○千山　連なり重なる山々。「万径」と対応している。○鳥飛　「人蹤」と対応しているので、「ちょうひ」と音読みしてもよい。○万径　すべての道。○人蹤　人が往き来した足跡。○蓑笠翁　蓑と笠を着けた老人。○寒江　寒々とした冬の川。

［大　意］　冬の大川一面の雪景色の中で、一人釣り糸を垂れる翁の孤独な姿をうたったもの。

［現代語訳］

見渡すと、山という山から、飛びかう鳥の姿が見えなくなり、
道という道から、行きかう人の足跡が消えてしまった。
一そうの小舟に、蓑と笠をつけた老人が、
冷たい冬の川の雪景色の中、たった一人で釣り糸を垂れているのだった。

【詩体・押韻】

五言絶句。「絶」「滅」「雪」が韻をふむ（入声九の「屑《せつ》」韻）。

【出典】『唐詩選』巻六。『唐詩三百首』巻六。

【作者】

柳宗元（七七三～八一九）、字は子厚《しこう》。河東（山東省）の人。貞元九年（七九三）進士に及第し、合理主義的精神を政治の場に求めて、劉禹錫《りゅううしゃく》らとともに王叔文《おうしゅくぶん》・王《おう》伾《ひ》の改革運動に加わったが、彼らの失脚とともに、永州（湖南省）の司馬に左遷された。後さらに遠方の柳州（広西省チワン族自治区）の刺史とされ、都に帰ることなく任地で没した。韓愈とともに古文復興運動の推進者として、合理主義的な精神を文章の第一とした。またその詩は、永州に左遷されてから以後のものがほとんどで、王維・孟浩然・韋応物とともに自然派詩人として「王孟韋柳」と並称されたが、彼の自然詠の背後には厳しい孤独の心情がこめられている。

【鑑賞】

鳥の飛翔を消し、人の足跡を消すうたい出しは、すでに後半の漁翁の孤独が言語を絶するものであることを十分に予測させます。まわりの全景の描写から、一気に焦点をしぼり、漁翁の姿をクローズアップさせる手法が、その絵の中の人物の孤独な内面を読み手に想い起こさせるのに実に効果的です。

名もない漁翁を一面の雪景色に織り込むだけで、作者は釣り糸を垂れる人物の感慨については一言も発しません。しかしその分だけいっそう、作者の厳しい内面が読み手に迫ってくるのです。この自然詠に底流する孤独感は、政治改革運動に加担して失脚した、柳宗元の痛切な挫折の体験を抜きには語れないでしょう。

なお、前半二句の鳥や人のあとを消す表現法について一言しておきますと、実は読み手であるわたしたちには、消されはしたが残像として「鳥飛」も「人蹤」も残っているのです。その残像が底知れぬ静寂を読者に幻視させるように働くのです。詩の表現とは時としてそのようでもあるのです。

「出城寄権璩楊敬之」

出城《しゅつじょう》 権璩《けんきょ》・楊敬之《ようけいし》に寄《よ》す

李賀《りが》

草暖雲昏万里春
宮花払面送行人
自言漢剣当飛去
何事還車載病身

草《くさ》は暖《あたた》かに 雲は昏《くら》し 万里《ばんり》の春《はる》
宮花《きゅうか》 面《おもて》を払《はら》って 行人《こうじん》を送《おく》る
自《みずか》ら言《い》う 漢剣《かんけん》 当《まさ》に飛《と》び去《さ》るべしと
何事《なにごと》ぞ 還車《かんしゃ》 病身《びょうしん》を載《の》す

［語釈］ ○出城　長安城を出ていく。○権璩　字は大圭。宰相の権徳輿《けんとくよ》の子。六年前に科挙に合格していた。○楊敬之　字は茂孝。同じく六年前に科挙に合格していた。○宮花　宮中に咲く花。○自言　自分で言っていた。自負していた。○漢剣飛去　かつて晋の恵帝（三世紀後半）の時代に、漢の高祖（前三世紀終わり）の剣を宝としてしまっていたが、火事が起こり、そのときその剣が倉の屋根を突き破って飛び去ったという（『異苑』巻二）。○何事　一体どうしたことか。○還車　帰っていく車。

［大　意］ 春たけなわの季節に友人に見送られながら、病身を車に横たえて帰郷する若き詩人の挫折をうたったもの。

［現代語訳］
草はあたたかで雲が暗くたれこめ、万里四方、春だ。
宮中をにぎわす花が城内にも今が盛りで、ほおをなでさすっては旅行くわたしを見送ってくれる。
自分は自分を日頃、あの漢の高祖の宝剣のようにいつかはきっと空高く飛び去る存在なのだと、と言い聞かせてきたのだったが、
ところがどうだ、今日、病んだわが身を故郷に帰る車にのせて都を去ってゆくなんて。

[詩体・押韻]

七言絶句。「春」「人」「身」が韻をふむ（上平十一の「真」韻）。

[出典]『李長吉歌詩』巻一。

[作者]

李賀（七九〇～八一六）、字は長吉《ちょうきつ》。福昌（河南省）の人。唐王室とつながりがある李姓であると自称した。韓愈にその詩才を認められたが、科挙の受験資格を奪われたり、病身であったりと、不遇のうちに二十七歳で亡くなった。詩は鋭い感覚を発揮し、近代フランス象徴詩人にも通う詩風をもつ。

[鑑賞]

青春の気負いはいつの時代も誰にでもあるものでしょう。あの悠然として南山を見て悟りきっていたような東晋末宋初の陶淵明でさえ、若き日を回想して「懐《おも》う 我が少壮の時、楽しみ無きも自《みずか》ら欣豫《よろこ》び、猛き志 四海に逸《は》せ、翮《つばさ》を騫《あ》げ遠く翥《と》ばんことを思う」（「雑詩」十二首其五）という感慨を漏らしています。ましてや李賀のように無念にも夭折した詩人の、そそり立つ自負と活躍の場が得られない絶望の青春真っ只中の発言は、強い痛みとなって我々にぶつけられます。何事にも人一倍傷つきやすい感性の持ち主が、春たけなわの花の季節に、無様にも病身を車に横たえ都を去るのです。見送りに来てくれた仲間は科挙にも合格し将来を約束された存在ですから、なおさら自負と気負いは自嘲的にならざるを得ません。

この詩は、元和八年（八一三）、二十三歳の作です。受験をあきらめ帰郷した後間もなく長安に出て、奉礼部という低い役職に就いたばかりだったのですが、病気を機に帰郷せざるをえなかったのです。

ところで、李賀は幽鬼（幽霊・死者の魂）をうたうことに優れた詩人で、「鬼才」と称されました。たとえば「感諷《かんぷう》」五首其の三（全十句の末尾）には

漆炬迎新人　漆炬《しっきょ》 新人《しんじん》を迎《むか》え
幽壙蛍擾擾　幽壙《ゆうこう》 蛍《ほたる》 擾擾《じょうじょう》たり

鬼火が新しい死者を迎える。ひっそりとした墓場には、蛍が乱れ飛んでいる。

とあります。幻想的で無気味な雰囲気とムードの詩風は、唐詩にも稀有な才能でした。わが国で鬼才ということばは、芥川龍之介に冠せられますが、その芥川は李賀の愛読者でもありました。

三峡（四川省）

晩唐

中唐に続く約七十年が晩唐で、繁栄の時代がおわる、いわゆる歴史の暮れ方です。この期を代表するのが杜牧《とぼく》と李商隠《りしょういん》です。唐末の激しい権力争いと、たび重なる戦乱のため、時代に翻弄された詩人たちの感性と心は、ひたすら美しいものに傾き、感傷的で頽廃的な詩が多くなります。

初期に出た杜牧は政治にも強く関わろうとしましたが、その詩は抽象的で印象的な手法を用いた美の世界を作ることに秀でていました。この杜牧の詩を継承してさらに芸術美を求めたのが、李商隠でした。かれは杜甫の律詩を受け継ぎつつ多くの恋愛詩を書き、晩唐の時代を象徴するかのような、繊細で退廃的な美の世界を難解な手法で表しました。

この時代には多くのマイナーポエットが輩出したことも特色の一つです。戦乱を嘆く一方で、主として艶情詩が時代の主流でした。士大夫として健全なものだけが文学の条件ではない、モラルとして否定されるべきものであっても、文学の題材になりうる、という価値観の拡大がみられるのです。それは文学意識の新しい展開でした。それにともない、温庭筠《おんていいん》を筆頭として新しいジャンルとしての詞《し》（ツー）が次第に盛んになり、やがては宋詞《そうし》として展開します。

杜牧ゆかりの秦淮河
（江蘇省南京市）

「江南春」

江南《こうなん》の春《はる》

杜《と》牧《ぼく》

千里鶯啼緑映紅
水村山郭酒旗風
南朝四百八十寺
多少楼台煙雨中

千里《せんり》　鶯《うぐいす》啼《な》いて　緑《みどり》　紅《くれない》に映《えい》ず
水村《すいそん》　山郭《さんかく》　酒旗《しゅき》の風《かぜ》
南朝《なんちょう》四百八十寺《しひゃくはっしんじ》
多少《たしょう》の楼台《ろうだい》　煙雨《えんう》の中《なか》

［語釈］　○江南　長江下流東南の地一帯を広くいう。　○千里　千里四方。ひろびろとした眺めであることを表す。　○鶯　黄鳥。日本の鶯よりも大きい。　○山郭　山際の町。　○酒旗　酒屋ののぼり旗。　○南朝　建康（今の江蘇省南京市）を都とした東晋、南朝宋、南斉、梁、陳の王朝をいう。三一三年～五八九年。政治的には混乱の時代であったが、貴族文化が華やかに栄え、特に仏教が普及した。　○四百八十寺　中国の阿育王（アショカ王）と称された梁の武帝の時代には多くの寺院が建てられた。五文字すべてが仄字《そく》になるのを避けるため、古くから習慣として「十」を「ジフ（ジュウ）」（仄声）でなく、「シン」（平声）と読まれてきている。　○多少　多くの。ここでは、「多」の意味に重きがある。　○楼台　寺院の高い建物。　○煙雨　うちけぶる雨。

［大　意］　江南の華やいだ春景色の中で、貴族文化の華やかであった南朝を象徴する多くの寺寺が、うちけぶる雨の中に浮かび上がる情景をうたったもの。

［現代語訳］
千里にわたってここかしこにウグイスが鳴くよい季節で、木々の緑が咲きほこる花の紅さに映えている。
水辺の村や山際の町には、酒屋には、酒屋ののぼり旗が春風にはためいている。

ここ江南は、かつては南朝文化の華やかなりし土地であり、仏寺が四百八十もあったと言われている。その名残りの数多い高い建物が、うちけぶる春雨の中にかすんで浮かび上がる。

［詩形・押韻］

七言絶句。「紅」「風」「中」が韻をふむ（上平一の「東」韻）。

［出典］『三体詩』巻一。

［作者］

杜牧（八〇三～八五二）、字は牧之《ぼくし》。長安の人。祖父の杜佑《とゆう》は宰相となり、『通典《つてん》』（上代より唐代までの諸制度の変遷を記述した大著）の編者であり、従兄の杜悰《とそう》も宰相になった。このような名家の出で、大和二年（八二八）進士に及第、官吏として中央官と地方官とを歴任し、最後は中書舎人となって没した。若い頃から風流才子としての評判が高く、一面、政治社会にあっては批判精神が強かった。その性格は剛直と感傷とを併せ持ち、詩は繊細な感覚を奔放に発揮し、審美主義的作風を重んずる晩唐の詩風を開拓した。杜甫を老杜（老は、尊敬の意味）というのに対して、「小杜」と称される。別荘の所在地にちなんで杜樊川《とはんせん》とも呼ばれる。

［鑑賞］

この詩は、杜牧詩の、そして晩唐詩の特色である、印象派的感覚美が遺憾なく発揮されています。起句では、江南のよき春景色が明るくうたわれ、緑と紅の鮮やかな対比が、読み手を快いムードに誘います。実際に声に出して読むと、訓読の響きのよさに気づき、その絵のような景色のイメージを生き生きとさせてくれるでしょう。承句では、名詞を羅列するだけの情景ですが、かえってそれが鮮やかで、水と山の対比、風にはためく旗と、遠近法が効果的です。

前半の具体的な情景描写に続き、転句では、歴史世界へと懐古の情をはせては、印象画風の空間に、一挙に時間的な奥行きをもたらします。前半の晴れた情景と後半の煙雨とは一見矛盾するかにうつりますが、それをあえて並存させ、理屈のみで詩を読む一元的な読み方を厳しく拒絶しています。ここには晩唐詩人が好んでうたった、現実とは異次元の詩の空間があると言えましょう。

「泊秦淮」　杜《と》牧《ぼく》

秦淮《しんわい》に泊《はく》す

煙籠寒水月籠沙
夜泊秦淮近酒家
商女不知亡国恨
隔江猶唱後庭花

煙《けむり》は寒水《かんすい》を籠《こ》め　月《つき》は沙《すな》を籠《こ》む
夜《よる》　秦淮《しんわい》に泊《はく》するに　酒家《しゅか》に近《ちか》し
商女《しょうじょ》は知《し》らず　亡国《ぼうこく》の恨《うら》み
江《こう》を隔《へだ》てて猶《な》お唱《うた》う　後庭花《こうていか》

〔語釈〕　○秦淮　川の名。秦淮河《しんわいが》。江蘇省南京市の西南を縦に貫き流れ、長江に注ぐ。秦代に築かれた運河。その両岸は六朝時代以後繁華街として名高い。今の南京は、もと建康、または建業ともいい、六朝時代を通じてずっと都であった。唐代には金陵と呼ばれた。○煙　訓読では一応「けむり」と読んでおいたが、もやの意。水蒸気の類をいう。○籠　おおい包む。○寒水　冷ややかな川の水。○沙　「砂」と同じ。○酒家　飲み屋。バー。○商女　酒屋の遊女。妓女。唄い女。○亡国恨　「恨」は深い悲しみ。単に「うらみ」の意だけでなく、もっと広いニュアンスをもった悲しみの気持ちをいう。○隔江　川ごしに。「江」は、中国南方では長江、または大川一般をいうことが多いが、ここでは秦淮河を指す。○猶　今もなお、しきりに。○後庭花　六朝時代最後の王朝、陳の後主が作り、美女を選んでうたわせたという「玉樹後庭花《ぎょくじゅこうていか》」の曲。南朝の陳・後主は、酒色に溺れて北朝の隋に滅ぼされた。彼は音楽好きの皇帝で、詩だけでなく自ら作曲も能《よ》くしたという。したがってこの曲は、後主の華やかな宮廷生活と、その結果としての亡国の悲しみとを連想させるものなのである。

［大　意］　秦淮の川で舟やどりした夜、亡国の歌であることも知らずにうたう妓女の歌声に感慨をもよおしたもの。

［現代語訳］

夜のもやが冷ややかな川の水面をおおい包み、月の光が岸辺の砂をおおい包む。

今宵、秦淮で舟やどりしたが、そこは酒屋の近くであった。

妓女は自分の歌うその歌が亡国の恨みのうたであることなど知らずに、

川を隔てた向こう岸で、いまもなお「玉樹後庭花」の曲を歌うのだった。

［詩形・押韻］

七言絶句。「沙」「家」「花」が韻をふむ（下平六の「麻」韻）。

［出典］『唐詩三百首』巻六。『三体詩』巻一では「秦淮」という題で収録する。

［作者］

杜牧（八〇三～八五三）。

［鑑賞］

この詩は部立で言えば、「懐古」（昔の歴史をしのぶうた）に属する詩です。華やかなものの背後にある悲しみ、といった感情にことのほか敏感であった晩唐詩人たちは、世紀末的美意識を想い、とりわけ六朝時代の出来事を懐古するのです。

六朝時代は政治的にはまったく混乱の時代でしたが、文化的にはまことに華やかで、爛熟の時代でもありました。この詩に詠われる陳・後主は、南朝最後の皇帝で、その爛熟を象徴するような存在でした。芸術に深く傾倒し、作曲や遊宴の日々に明け暮れしたため、政治を顧みることなく、北朝の隋に滅ぼされました。ただ、杜牧はそれを責めてはいません。詩人の関心の中心は、個人的な別れの悲しみを亡国と重ねてひたすら感傷することにあります。それは同時に、滅びゆくまでに歓楽を尽くした華やかさへの強い愛着の表明でもあります。さらには、唄い女たちがそれが亡国の悲しみを歌ったものとは知らないで歌っているという、時の流れというものへの切ないまでの感慨を内包しています。

ところで、この詩で取り上げられる語彙のいずれもが作品の雰囲気を相乗的に盛り上げています。酒を飲ませる店や遊郭が立ち並ぶ繁華街「秦淮」の沿岸、「酒家」の「商女」、「亡国の恨み」を秘めた「玉樹後庭花」の曲といった、読者の想像を否が応でも掻き立てる濃密な言葉。さらには、時は「夜」、あたりは「煙」と「月」あかりという道具立てが心憎いまでです。また起句は、一句の中で「煙籠寒水」と「月籠沙」と対応するようにおき、「籠」の字を二度使用するところも凝っています。

杜牧には、「懐古」の詩が多く、楚の項羽が漢の劉邦との争いに敗れ、長江の渡し場烏江《うこう》（安徽《あんき》省）にたどりついたときのことをうたった「題烏江亭」（烏江亭に題《だい》す）もよく知られています。そこの亭長が船を用意して江東に逃げのびることを勧めたとき、項羽は覚悟を決め、「天の我を亡《ほろ》ぼすなり、我何《なん》ぞ渡ることを為《な》さん」といって、追手の漢軍と最後の戦いを交え、ついに自分から首をはねて果てたのです（『史記』項羽本紀《こううほんぎ》）。

勝敗兵家事不期　勝敗《しょうはい》は 兵家も 事期《ことき》せず
包羞忍恥是男児　羞《はじ》を包《つつ》み 恥《はじ》を忍《しの》ぶは 是《こ》れ男児《だんじ》
江東子弟多才俊　江東《こうとう》の子弟《してい》 才俊《さいしゅん》多《おお》し
巻土重来未可知　巻土重来《けんどちょうらい》 未《いま》だ知《し》る可《べ》からず

もし、こうでなかったら、として歴史をくつがえすことはできません。しかしそのようにまで残念がらずにはいられない程、杜牧の豪毅な精神は英雄を激しく悼むのです。詩人は妓女と遊び続けるばかりの日々、感傷に懐古的ばかりではなかったのです。

「贈　別」　別《わか》れに贈《おく》る

杜《と》牧《ぼく》

多情却似總無情
唯覚尊前笑不成
蠟燭有心還惜別
替人垂涙到天明

多情《たじょう》　却《かえ》って似《に》たり　總《すべ》て無情《むじょう》なるに
唯《た》だ覚《おぼ》ゆ　尊前《そんぜん》　笑《わら》いの成《な》らざりしを
蠟燭《ろうそく》　心《しん》有《あ》りて　還《ま》た別《わか》れを惜《お》しみ
人に替《かわ》りて涙《なみだ》を垂《た》れ　天明《てんめい》に到《いた》る

［語釈］　○贈別　作者が宣州（安徽《あんき》省）の地を去るとき、なじみの妓女に贈った詩。○却似　万感の思いが胸に迫って、何も言うことができず、そのために逆に何の感慨もないかのように他人には見える、との意。○總　まったく。○無情　感情がない。何の感慨もない。○尊　樽に同じ。酒樽。ここでは、別れの酒をいう。○笑不成　笑顔を作ろうとしても笑えない。○心　ロウソクの「心」（芯《シン》）と、人の「心《こころ》」との掛詞。○還　やはり。人間と同じく。○替人　わたしに代わって。わたしのために。「人」は、わたしを指す。○垂涙　ロウソクがしずくを垂らすのを、人が涙を流すのに喩えたもの。○天明　夜明け。

［大　意］　妓女との別れに際し、言うに言われぬ思いを、ロウソクの涙に託して述べたもの。

［現代語訳］
あまりに多情な心は、逆にまったく無情かのように見えるものだ。
ただただ別れの酒を前にして、笑いかけようとしても笑えぬのだ。
二人を照らすロウソクも、人間と同じく、別れを惜しむ心があるのか、
わたしにかわって、夜が明けるまで涙を流し続けている。

【詩体・押韻】

七言絶句。「情」「成」「明」が韻をふむ（下平八の「庚」韻）。

【出典】『唐詩三百首』巻八。二首の連作の其《そ》の二。

【作者】

杜牧（八〇三～八五三）。

【鑑賞】

杜牧は若いころ、遊里の世界で浮名を流していました。この詩も、三十一歳の春、宣州の地を去って揚州に行くとき、なじみの妓女と別れを惜しんだものです。

遊び人の詩人らしい歌い出しで、殺し文句にふさわしく、別れゆくなじみの女をうっとりとさせます。しかも贈る相手は妓女ですから、その場その場の愛情はそれなりに真心を尽くしたものではあっても、やはり別れというものにも相当慣れているはずでしょう。ですからめそめそした別れなどとは違い、できる限り風流に別れた方がよい。そうしたときに、冒頭から粋な殺し文句です。杜牧自身もそういう別れに慣れていると思った方がいいでしょう。

また、後半の二句では、ロウソクの「芯」と人の「心」とが掛けられていて、ロウソクが自分に代わって一晩中泣いてくれるのだ、という発想が洒落ています。また、甘美な男女の別れの睦言の時間をも連想させてくれ、ロマンチックですらあるのです。

そして杜牧は、三十代の前半を揚州で過ごした日々を、「遣懐」（懐《おも》いを遣《や》る）詩で、ほろ苦い悔恨と甘い回想をうたっています。

落拓江湖載酒行　江湖《こうこ》に落拓《らくたく》し　酒《さけ》を載《の》せて行《い》く
楚腰繊細掌中軽　楚腰《そよう》は繊細《せんさい》にして掌中《しょうちゅう》に軽《かる》し
十年一覚揚州夢　十年《じゅうねん》　一《ひと》たび覚《さ》む　揚州《ようしゅう》の夢《ゆめ》
贏得青楼薄倖名　贏《か》ち得たり　青楼薄倖《せいろうはっこう》の名《な》

水べの町々で身を持ちくずして、酒びたりの日々を送っていた。

楚の地の美女の柳腰はほっそりとして、手のひらにも乗りそうな軽やかさだった。

あの揚州で過ごした夢のような十年から一たび覚めた今、

花柳界での色男の遊び人という名を残しただけだ。

「勧　酒」

酒《さけ》を勧《すす》む

于《う》武《ぶ》陵《りょう》

勧君金屈卮
満酌不須辞
花発多風雨
人生足別離

君《きみ》に勧《すす》む　金屈卮《きんくつし》
満酌《まんしゃく》　辞《じ》するを須《もち》いざれ
花発《はなひら》きて　風雨《ふうう》　多《おお》し
人生《じんせい》　別離《べつり》　足《た》る

［語釈］　○金屈卮　柄のついた黄金の大杯。○満酌　大杯になみなみとつがれた酒。○不須　…してはいけない。○人生　人の命。一生。または、人の生活。○足別離　別れが多い。「足」は、「多」と同じ。

［大　意］　友人との深い惜別の情を、酒に託してうたったもの。

［現代語訳］
君に勧めよう、この黄金の大杯を。
なみなみとついだ別れの酒を、辞退しないでくれたまえ。
花が咲く季節には風雨が多く、咲いたばかりの花もじきに散ってしまうのだし、
この人生には、別れというものは多いのだから。

［詩体・押韻］

五言絶句。「巵」「辞」「離」が韻をふむ（上平四の「支」韻）。

［出典］『唐詩選』巻六。

［作者］

于武陵（八一〇～？）、名は鄴《ぎょう》。武陵は字である。杜《と》陵《りょう》（陝西省西安市の南郊）の人。宣宗の時代に進士に合格したが、官職を好まず、自由の身で各地に遊び、晩年には崇山《すうざん》（洛陽の南の名山）に隠棲した。

［鑑賞］

少ない言葉で、友人との別れの悲しみを人生の本質に照らして言ってのけたところが、この詩の切れ味のよさです。酒を飲みながら、別れゆく相手に直接呼びかける言い方が、悲しみを直接的なものにしています。

この詩は井伏鱒二（一八九八～一九八二）の翻案詩（『厄除《やくよ》け詩集』所収）でも名高いものです。

コノサカヅキヲ受ケテクレ
ドウゾナミナミツガシテオクレ
ハナニアラシノタトエモアルゾ
サヨナラダケガ人生ダ

最後の句は、翻訳としては必ずしも正確とは言い難いのですが、そのようなつまらない詮索よりも、翻案の詩としての見事なところを味わえばいいのでしょう。

ところでこの後半の二句は、一見対句仕立てといってもいいのですが、実に凝った表現効果を生んでいます。風雨に散る花の様相は、他でもなく、別離というものにとどまらない人間の生涯における悲哀の姿の隠喩としても表現されているところに注目しておきたいと思います。華やかさと衰亡とを合わせもつ人間存在の両極端を一瞬にして言い当てているのです。

「商山早行」

商山《しょうざん》の早行《そうこう》

温庭筠《おんていいん》

晨起動征鐸
客行悲故郷
鶏声茅店月
人迹板橋霜
槲葉落山路
枳花明駅牆
因思杜陵夢
鳧雁満回塘

晨《あした》に起《お》きて征鐸《せいたく》を動《うご》かし
客行《かくこう》 故郷《こきょう》を悲《かな》しむ
鶏声《けいせい》 茅店《ぼうてん》の月《つき》
人迹《じんせき》 板橋《はんきょう》の霜《しも》
槲葉《こくよう》 山路《さんろ》に落《お》ち
枳花《きか》 駅牆《えきしょう》に明《あか》るし
因《よ》りて思《おも》う 杜陵《とりょう》の夢《ゆめ》
鳧雁《ふがん》 回塘《かいとう》に満《み》つるを

【語釈】○商山　商州（陝西省）の東南にある山。商谷とも商嶺とも呼ばれる山間の地。商州は長安の東南、漢水の上流にあって南へ旅する途上に位置している。○早行　早朝に旅立つこと。夜が白みはじめるころに出発するのが普通であった。○動征鐸　旅ゆく車に垂らした（または、馬の首に着けた）鈴を打ち鳴らす。ここでは、出発の合図をいう。○故郷　都長安をさす。唐代では実際の郷里をさすこともあるが、多くは都を離れた地方から都をイメージして言われる。○茅店　かやぶきの屋根の、ひなびた旅籠。○板橋霜　板橋（板を並べただけの粗末な橋）の上に降りた霜。○槲葉　かしわ（または、おおばくぬぎ）の木の葉。○枳花　枳殻（からたち）の花。○駅牆　駅舎を囲む塀。○因思　そのことによって…を思い起こす。○杜陵　都長安の東南の郊外にあった台地。唐代には行楽地であった。○夢　まるで夢を見ているような光景として思い出されることをいう。今の想像でもあり、回想でもある。○鳧雁満回塘　野生の鴨や雁の群れがいっぱい池で遊んでいる。「回塘」は、池の周囲をめぐる堤。池の周りを取り巻くように湾曲しているから、「回」という。「塘」はここでは、堤に囲まれた池そのものを言う。

【大　意】　異郷の旅先で朝早く宿屋を出立する時、目にした春の山間の景のあれこれに、郷里長安をおもい出し郷愁をうたったもの。

【現代語訳】

朝早く起きだして、旅の車の鈴を鳴らして出発する。異郷での旅路で、故郷（長安）のことをおもいやり悲しさはひとしおだ。

茅葺きの宿屋の屋根には、まだ月がかかっており、おりしも鶏の声がする。人の足跡もはっきりとついていて、板橋には白い霜が降りていた。

槲の葉は山路に落ちて積り、白いからたちの花が駅舎の土塀に明るく映えている。

ふと、都の杜陵の情景が、夢のように思い起こされるのだった。鴨や雁が曲がりくねった池いっぱいに、群れ遊んでいたものだ。

【詩体・押韻】

五言律詩。「郷」「霜」「牆」「塘」が韻をふむ（下平七の「陽」韻）。

【出典】『三体詩』巻三。

【作者】

温庭筠（八一二？～八七二？）、字は飛卿《ひけい》。太原（山西省）の人。進士を受験したが、色街に入り浸っている素行が原因で及第しなかった。幕僚や地方の小官をつとめたりしたが、最後は流浪の末に亡くなった。型破りの逸話が多い。退廃的・感傷的詩風は晩唐の時代を象徴し、李商隠とともに「温李」と並称される。また宋代に盛んになる「詞」（流行歌の類。メロディーに合わせた歌詞で形式は自由であった。詩と区別して「ツー」と呼ばれる）の先駆けとなる作者として名高い。

【鑑賞】

この詩の第三句・第四句の対句は北宋・梅堯臣《ばいぎょうしん》が高く評価して以来、有名になりました。晩春の山間のさびれた雰囲気と、そこからさらに旅を続けていかねばならない詩人の感傷とが、名詞を並べただけの対句で余情をもって表現されています。「雞声」と「人迹」、「茅店月」と「板橋霜」が簡潔で見事な対応になっていて、読者の前におかれたような画としての効果があります。

なお、第四句に「霜」があり、第五句に「槲葉落」とあって、一読冬の景のように思われますが、奥深い山間の朝早い時間なので「霜」が降っていたり、新芽とともに葉を落とす「槲」でもあり、また第六句では「枳花明」なので、春の情景ととることができるのです。山間深く、まだまだ春先だというわびしい情景が詩人の心情を象徴しています。

またこの詩では、唐詩によくうたわれる杜陵の行楽はイメージしやすいので、それとの対比で山路を朝早く旅立つわびしさが対比されて浮かび上がりますが、そのような過度の感傷も詩人の得意としたところなのです。

この詩とは興趣がらりと変わる、温庭筠の本領である恋情をうたう「更漏子《こうろうし》」という「詞《ツー》」を一首、その前半部分をあげておきましょう。題を「離愁」とした現代語訳は原田憲雄のもので、雰囲気をよく伝えています（『中国名詩選』人文書院刊）。

更漏子　　離愁
王爐香　　香炉くゆり
紅蠟涙　　涙ながるるともしびの
偏照画堂秋思　照らすかな 美しき部屋の秋のおも
　　ひを
眉翠薄　　眉あはく
鬢雲残　　鬢ほつれ
夜長衾枕寒　ながながし夜《よ》の しとねさむしも

「登楽遊原」　楽遊原《らくゆうげん》に登《のぼ》る　　李《り》商隠《しょういん》

向晩意不適　晩《くれ》に向《む》かいて 意《い》 適《かな》わず
駆車登古原　車《くるま》を駆《か》りて 古原《こげん》に登《のぼ》る
夕陽無限好　夕陽《せきよう》 無限《むげん》に好《よ》し
只是近黄昏　只《た》だ是《こ》れ 黄昏《こうこん》に近《ちか》づく

〔語釈〕 ○楽遊原　長安の町の南部、曲江の北にあった漢以来の遊園地。長安の町を一望できる小高い丘にあった。○向晩　日暮れになろうとして。「向」は…に近づいていこうとしているの意。○意不適　心が晴れない。○古原　楽遊原をさす。○只是　ひたすら。ただもう。○黄昏　たそがれ時。

〔大　意〕 夕暮れにせかされるようにして楽遊原に登ったとき、黄昏に近づく夕陽の一瞬の美に見とれたことをうたったもの。

〔現代語訳〕
日暮れに近づくにつれて、わたしの心は安らかでいられなくなり、
馬車を走らせ、ここ楽遊原に登った。
夕陽は限りなく美しい。
ひたすら、たそがれ時に近づいてゆくのだった。

［詩体・押韻］

五言絶句。「原」「昏」が韻をふむ（上平十三の「元」韻）。

［出典］『唐詩三百首』巻六。

［作者］

李商隠（八一二？〜八五八）、字は義山《ぎさん》。玉谿生《ぎょくけいせい》と号した。懐州河内（河南省）の人。開成二年（八三七）進士に及第し、後に太学博士に至ったが、晩唐の政治社会での激しい派閥争いに巻き込まれ、右往左往することも多く、一生を通して官吏としては不遇であった。彼の詩は、典故を重ねて難解なものが多かった。しかし、複雑な手法を用いた曖昧な表現の中でこそ、繊細鋭敏な感受性がよく発揮された。杜牧と並ぶ晩唐を代表する詩人で、特に恋愛詩にすぐれ、温庭筠《おんていいん》とともに「温李」と並称された。

［鑑賞］

晩唐の詩人たちは、滅びゆくものの中に一瞬の美を発見する詩を多く作りました。李商隠はその美意識を代表する詩人ですが、この詩においても、今まさに黄昏に近づくその一瞬の、無限に美しい夕陽が描かれています。それは悲哀を感じさせる夕陽というよりも、まさに夕陽そのものの一瞬の美しさの感受が詩人にとっての関心事なのです。

ところでこの詩は実に抑制のきいた歌い出しですが、しかし「晩に向かいて意の適わない」語り手の、口には出さない多くの嘆きが背後にこめられているのです。一生涯不遇な官吏生活を強いられた作者の現実の苦しみの総量が隠されています。その具体的な苦しみを綿々と書き連ねていくのではなく、逆にそれを強く抑えてうたい起こすところに、むしろ詩人という存在の覚悟のようなものが感じられます。作者は詩の中には現実の嘆きを決して持ち込もうとはしないで、それを起点としながらもそれとは異次元の美の世界——滅びゆく一瞬の燃焼の美の世界を描いたのです。その表現世界は、単なる一詩人の好みという問題に終わらず、やはり晩唐という時代の確固とした美意識や思想性の問題であるでしょう。

「夜雨寄北」

夜雨《やう》 北《きた》に寄《よ》す

李《り》 商隠《しょういん》

君問帰期未有期
巴山夜雨漲秋池
何当共剪西窗燭
却話巴山夜雨時

君《きみ》は帰期《きき》を問《と》うも 未《いま》だ期《き》有《あ》らず
巴山《はざん》の夜雨《やう》 秋池《しゅうち》に漲《みなぎ》る
何《いつ》か当《まさ》に共《とも》に西窓《せいそう》の燭《しょく》を剪《き》り
却《かえ》って巴山《はざん》夜雨《やう》の時《とき》を話《かた》るべき

[語釈] ○寄 遠くにいる人に手紙を書く。 ○北 北堂。士大夫《したいふ》(知識人階層の人)の家の北の部屋。主婦の部屋であった。転じて、妻のことをいう。 ○君 妻を指す。全編、妻に語りかける言葉である。 ○帰期 故郷へ帰る予定の日限。 ○未有期 まだいつだとは約束できない。「期」は、約束するの意。 ○巴山 陝西省《せんせい》から四川省東部にのびる山。 ○何当 …となるのは、いつのことだろうか。未来の時間を予想する。 ○剪 ろうそくや燭台の芯を挟んで切って、明るくする。 ○西窗 女性の部屋の西側の窓。 ○却話 振り返って話す。現在からみて未来の時点で、過去としての現在(妻を恋しく思う今夜)を思い出として語る。「却」は、振り返るの意。

[大 意] 旅先で夜の雨を見ながら、故郷に残した妻との再会のひとときを細やかにして濃密に想像するもの。

[現代語訳]
おまえはわたしに、家に帰る時期を尋ねてきたが、まだいつとは約束できない。
今ここ巴山では、激しい夜の雨が秋の池に降りしきっている。
ああいつのことだろうか、おまえと西の窓辺で灯芯を切りながら、今夜の巴山の雨の晩を、そのとき振り返って、わたしがおまえをどんなふうに想っていたかを語りつくしたいのだが。

［詩体・押韻］

七言絶句。「期」「池」「時」が韻をふむ（上平四の「支」韻）。

［出典］『唐詩選』巻七。『唐詩三百首』巻六。

［作者］

李商隠（八一二?〜八五八）。

［鑑賞］

この詩のおもしろさの第一は、「巴山夜雨」を二度使用している所にあるでしょう。現在から見て未来の時点で、過去としての「巴山夜雨」のことを思い出として妻に話す、という発想です。それは、妻との寝室で灯芯を切っては明かりをつぎながら長い時間寝物語するという、ロマンチックで細やかな情愛の交換なのです。それを夜の雨を前にして想像している詩人の心は、単に妻に会いたいという気持ちを表白しているだけでなく、実際に今、想像世界で妻と寝物語をしているのだ、といってよいほど濃密なシーンとして読み手に届けられています。

李商隠は多くの恋愛詩を、主として七言律詩という形式で残しています。「錦瑟《きんしつ》」や「無題」（十六首残している）と題する詩のうち、「無題」の一首の前半をあげておきましょう。

相見時難別亦難　相見《あいみ》る時《とき》は難《かた》く 別《わか》るるも亦《ま》た難《かた》し
東風無力百花残　東風《とうふう》 力《ちから》無《な》く 百花《ひゃくか》残《くず》る
春蚕到死糸方尽　春蚕《しゅんさん》 死《し》に到《いた》って 糸《いと》 方《はじ》めて尽《つ》き
蠟炬成灰涙始乾　蠟炬《ろうきょ》 灰《はい》と成《な》って 涙《なみだ》 始《はじ》めて 乾《かわ》く

なかなかお会いすることができず、やっとお会いできたのにお別れしなければならないつらさはまたひとしおです。

春風も力なく、花は皆散ってしまいました。

しかしそれでも、かいこは死ぬまで糸を吐き続け、蠟燭は灰となるまで蠟の涙を流し続けます（そのようにわたしのあなたへの恋情は死ぬまで変わりません）。

「江楼書感」

江楼《こうろう》にて感《かん》を書《しょ》す

趙《ちょう》嘏《か》

独上江楼思渺然
月光如水水連天
同来翫月人何処
風景依稀似去年

独《ひと》り江楼《こうろう》に上《のぼ》りて 思《おも》い 渺然《びょうぜん》
月光《げっこう》は水《みず》の如《ごと》く 水《みず》は天《てん》に連《つら》なる
同《とも》に来《き》たりて月《つき》を翫《もてあそ》びし人《ひと》は 何《いず》れの処《ところ》ぞ
風景《ふうけい》 依稀《いき》として 去年《きょねん》に似《に》たり

［語釈］ ○江楼　川沿いの高楼。川辺に建つ高楼。 ○渺然　はてしなく広がるさま。眺望の広がりが思いの広がりを生むのである。 ○同来　一緒にやってきた。 ○翫月　月明かりの美しさを味わい楽しむ。 ○何処　いったいどこにいるのか。 ○風景　景色。眺め。もともとは、風と景（光をいう）の意味から出たことば。 ○依稀　どことなく。どこか似通うところがあることをいう。

［大　意］ 川沿いの高楼で、月明かりの美しさに導かれ、去年ともに月をながめやった愛人を切なく懐かしむもの。

［現代語訳］

ただ一人、川沿いの高楼に登ると、胸の思いははてしなく広がる。

月の光が水のように青白く澄み渡り、水は月光ととけあって大空に連なって流れていく。

ともにここへやってきて、ともに月を賞《め》でたあの女《ひと》は、いまどこにいるのか。

あたりの風景だけは、どことなく去年のままなのに。

【詩体・押韻】

七言絶句。「然」「天」「年」が韻をふむ（下平一の「先」韻）。

【出典】『唐詩選』巻七。一に、「感懐」と題する本もある。

【作者】

趙嘏（八一五～?）、字は承祐《しょうゆう》。山陽（江蘇省）の人。会昌二年（八四二）、もしくは四年の進士。地方官を務めたが、詳しいことは分からない。杜牧からその詩を誉められたことがあり、表現力に富んだ独自の興趣を持った詩人である。

【鑑賞】

友情をうたうことに優れるという唐詩にあって、晩唐にもこまやかな友情表現の詩もあることはありますが、なんと言っても際だつのは恋愛感情をうたったものが多いことです。この詩もその優れた恋愛詩の一首です。

月のイメージがまことに効果的に働いています。転句の「人」は、もちろん愛人を指します。水のような月光に導かれて、詩人は去年の楽しいひとときを、ともにすごした愛人を激しく想います。それは、ちょうどわが国の『伊勢物語』にでてくる在原業平の歌、

月やあらぬ春や昔の春ならぬ我が身一つはもとの身にして

とすこぶる類似しています。月明かりだけが去年と変わらない、なのにあの女《ひと》は今どこにいるというのか、と切なく胸迫る思いが、ロマンチックに描出されているのです。

この詩は明《みん》の譚元春《たんげんしゅん》『唐詩帰《とうしき》』に「隻言《せきげん》片語、不尽の欷歔《ききょ》」（ほんのちょっとした言葉の中にも、尽きない嘆きのすすり泣きを催される）と評されましたが、尽きせぬすすり泣きの情は、ともに月を賞でた愛人はもはやいない（暗に、死んでしまったと言っているのかも知れません）とせり上げてくるのですが、それを効果的に引き起こすのは前半二句の表現力で、その力量は並みのものではありません。「思渺然」の内実は転句によって明らかにされますし、どこまでも透明な承句に、作者の万感の思いが抑制されて充満しているようです。

#「山亭夏日」

山亭《さんてい》の夏日《かじつ》

高駢《こうべん》

緑樹陰濃夏日長
楼台倒影入池塘
水精簾動微風起
満架薔薇一院香

緑樹《りょくじゅ》 陰《かげ》 濃《こま》やかにして 夏日《かじつ》 長《なが》し
楼台《ろうだい》 影《かげ》を倒《さかしま》にして 池塘《ちとう》に入る
水精《すいしょう》の簾《れん》 動《うご》きて 微風《びふう》 起《お》こり
満架《まんか》の薔薇《しょうび》 一院《いちいん》 香《かんば》し

〔語釈〕 ○山亭　山荘。○楼台　たかどの。○倒影　影を逆さまにする。○池塘　池の水。「塘」はここでは、池の意。○水精簾　簾《すだれ》の文学的表現。「水精」は、水晶。○満架　棚いっぱい。○一院　建物の奥の庭園いっぱい。

〔大　意〕 山亭の夏の日、感覚のすべてを駆使して夏を満喫する心をうたったもの。

〔現代語訳〕
緑の木々が濃いかげを作り、夏の日は長い。
高殿は逆さまに池の水へと影を落としている。
水晶の簾が動いて、そよ風が起こるとき、
棚いっぱいのバラの花の香りが、庭園いっぱいに満ち渡る。

【詩形・押韻】

七言絶句。「長」「塘」「香」が韻を踏む（下平七の「陽」韻）。

【出典】『全唐詩』巻五百九十八。

【作者】

高駢（八二一～八八七）、字は千里《せんり》。幽州（河北省）の人。南平郡王の高崇文《こうそうぶん》の孫にあたり、侍中・渤海郡王に封ぜられたが、後に淮南《わいなん》地方で覇をとなえ、結局は部下の部将に殺された。

【鑑賞】

作者の高駢は波瀾の人生を歩み、最後には天下をねらう野心を抱きましたが、結局は部下に殺されました。しかし、この詩にはそのような激しさの兆しはまったく見えません。むしろ、夏の日の静寂の中の、水晶の簾やバラの香りに人一倍敏感な繊細さだけが印象深い詩です。簾がかすかに動いて風を感じるという第三句、庭いっぱいのバラの香りという第四句は、夏の日を心ゆくまで愛《め》でる心の豊かさから獲得された表現であるに違いありません。

ところで、唐詩には春や秋をうたった詩は多いのですが、夏や冬の詩はそれに比べて極端に少ないようです。

歌人の土岐善麿（一八八五～一九八〇）に『鶯の卵』という漢詩和訳集があります。何回か少しずつ書名を変えいくつも版を重ねている名著ですが、この詩を「真夏の山荘、ひるねからさめて、冷えたメロンでも切ろうかというひととき。架はたなである。起承の静けさに対して転結の微妙な動的描写もさわやか。静中動あり。」と簡潔に鑑賞して、次のように和訳しています。

青葉《あおば》かげ　夏《なつ》の日長《ひなが》さ
池水《いけみず》に　かげさすうてな
そよかぜに　みすはゆらぎて
香《か》ぞあふるる　ひと枝花《えはな》ばら

「贈日東鑑禅師」　鄭谷《ていこく》

日東《にっとう》の鑑禅師《かんぜんし》に贈《おく》る

故国無心渡海潮
老禅方丈倚中條
夜深雨絶松堂静
一点山螢照寂寥

故国《ここく》 無心《むしん》に 海潮《かいちょう》を渡《わた》り
老禅《ろうぜん》の方丈《ほうじょう》 中條《ちゅうじょう》に倚《よ》る
夜深《よるふか》く 雨絶《あめた》えて 松堂《しょうどう》 静《しず》かなり
一点《いってん》の山螢《さんけい》 寂寥《せきりょう》を照《て》らす

［語釈］ ○日東　日本。○鑑禅師　鑑なにがしという名の僧。どのような人物かは不明。「禅師」は、禅宗の僧侶の意。○故国　ふるさとの国。日本を指す。○無心　一切の俗念を超越するさま。○海潮　潮路。海。○老禅方丈　老僧の居る庵。○倚　よりかかる。○中條　山の名。今の山西省虞郷県にある。○松堂　松林の中の堂。○一点　一つの。一個の。「点」は、個数を示すことば。○寂寥　しんと静まりかえってわびしいさま。

［大　意］　日本から渡来した「無心」の僧のもとに立ち寄り、別れるときに贈ったもの。

［現代語訳］
一切の俗念から超然として、故国から海を越えてはるばると渡来された。
老僧の庵は、中條山の山かげによりかかっている。
夜は更け、雨もやみ、松林の中の庵はひっそりと静まり、
ぽつんと山の螢が一つ、しんと静まりかえったあたりを照らしている。

【詩形・押韻】
七言絶句。「潮」「條」「寥」が韻をふむ（下平二の「蕭」韻）。

【出典】『三体詩』巻一。

【作者】
鄭谷（八四二？～九一〇？）、字は守愚《しゅぐ》。袁州《えんしゅう》宜春（江西省）の人。進士に及第し、右拾遺・都官郎中に至ったが、後に官をやめ、隠棲して没した。

【鑑賞】
鑑禅師がどのような僧侶であったかは事実としては不明ですが、作者がどのように敬意を持っていたか、詩中に的確に伝えられています。「故国より無心に海潮を渡」ってきたと。当時、日本から多くの僧が中国に渡りました。彼らはやがて日本に帰り、一種のエリート僧として活躍しました。しかし鑑禅師には、帰国して出世しようという野心がない。今は中條山にこもって修行に励んでいる。その専心する姿に作者は深く共感しています。その僧侶と別れるとき、この詩を作って贈ったのです。心の底から別れを惜しむ気持ちが、とくに結句の絵画的な情景によく象徴されたといえるでしょう。

ちなみに、日本からの遣唐使の派遣がわが国の文明の向上に多大な影響を与えたことはよく知られています。聖徳太子の発議によって遣隋使（三回とも四回ともいう）が派遣されたのにはじまり、遣唐使は（十七次の派遣が企てられましたが、そのうちの二回は明らかに中止）、十三次の説にしたがえば、中唐期には二次にわたり、その二回目の第十二次に空海と最澄が渡唐し、晩唐期には第十三次に円仁《えんにん》が渡唐しています。なお空海は八〇六年、最澄は八〇五年、円仁は八四七年に帰国しています。

「尤渓道中」

尤渓《ゆうけい》の道中《どうちゅう》

韓《かん》偓《あく》

水自潺湲日自斜
尽無雞犬有鳴鴉
千村万落如寒食
不見人煙空見花

水《みず》は自《おのずか》ら潺湲《せんかん》 日《ひ》は自《おのずか》ら斜《なな》めなり
尽《ことごと》く雞犬《けいけん》無《な》くして 鳴鴉《めいあ》有《あ》り
千村万落《せんそんばんらく》 寒食《かんしょく》の如《ごと》し
人煙《じんえん》を見《み》ず 空《むな》しく花《はな》を見《み》る

[語釈] ○尤渓 今の福建省にある地名。または、そこを流れる川の名ともいう。 ○水自・日自 「自」はともに、それ自身で、周囲のものとは無関係に、の意。水とか日とかを強調しているので、訳さなくても良い。 ○潺湲 清らかな水の音の形容。 ○雞犬 雞や犬の鳴き声が聞こえるのは、その村が平和であることの象徴である。 ○鳴鴉 鴉の鳴く声は不吉なものの象徴である。 ○寒食 冬至から百五日めの日。その日は火を禁じ、煮炊きをしない習わしであった。

[大 意] 亡国後の、村や部落の空虚な惨状をうたったもの。

[現代語訳]
水はさらさら清らかに流れ、日は西に傾く。
雞や犬はまったくいなくなってしまい、ただ鴉ばかりが鳴いている。
どの村も部落も、すべてまるで寒食の日のようで、
里人が炊く煙はまったく見えず、花だけが空しく咲いている。

【詩形・押韻】

七言絶句。「斜」「鴉」「花」が韻をふむ（下平六の「麻」韻）。

【出典】『三体詩』巻一。

【作者】

韓偓（八四四〜九二三）、字は致堯《ちぎょう》（一説に致光《ちこう》）。長安（陝西省西安市）の人。龍紀元年（八八九）に進士に及第、左拾遺、中書舎人、兵部侍郎などを歴任したが、権力獲得をねらっていた朱全忠《しゅぜんちゅう》（後梁の太祖）ににらまれて、地方官に左遷され、最後には閩《びん》（福建省）に割拠していた王審地のもとに身を寄せて没した。彼には晩唐の艶体（男女間の愛情をうたう詩）を代表する温庭筠《おんていいん》の詩風を受け継ぐ詩が多い。

【鑑賞】

韓偓には艶体の詩が多い中で、この詩はそれとは趣を異にした、乱後の空虚な惨状をうたうものです。唐王朝が亡んで三年後の後梁の開平四年（九一〇）、作者六十七歳の作です。空虚な惨状が、承句・転句に表現され、さらにそれが起句と結句の自然と対比されて印象づけられています。

ところで、起句・承句・結句では、同じ句の中で上四字と下三字とが対句を構成するという、いわゆる「句中の対」を使用している点が特徴的です。起句では「自」を効果的に使い、承句では「尽無雞犬」と「有鳴鴉」を対比させては痛烈に惨状をいい、結句では「不見人煙」と「空見花」と人事と自然との違いを浮き彫りにしています。主張の強い詩ですが、それを支えるのは大変技巧的な表現なのです。

彼の本領である艶詩の一端にふれておきましょう。七言律詩「五更《ごこう》」（夜明けに近い午前四時ごろ）の前半四句に、「往年《おうねん》 曽《かつ》て約《やく》す 鬱金《うっこん》の牀《しょう》、半夜《はんや》 身を潜《ひそ》めて洞房《どうぼう》に入る、懐裏《かいり》 知《し》らず 金鈿《きんでん》（金のかんざし）の落《お》つるを、暗中 唯《た》だ覚《おぼ》ゆ 繡鞵《しょうかん》（刺繡した靴）の香《かん》ばしきを」とあり、深夜女の寝室にしのびこむ情景をうたっています。

「己亥歳」

曹松《そうしょう》

沢国江山入戦図
生民何計楽樵蘇
憑君莫話封侯事
一将功成万骨枯

己亥《きがい》の歳《とし》

沢国《たくこく》の江山《こうざん》 戦図《せんと》に入《い》る
生民《せいみん》 何《なに》の計《けい》ありて 樵蘇《しょうそ》を楽《たの》しむ
君《きみ》に憑《よ》る 話《かた》る莫《な》かれ 封侯《ほうこう》の事《こと》
一将《いちしょう》 功《こう》成《な》りて 万骨《ばんこつ》 枯《か》る

［語釈］ ○己亥歳 「つちのと・い」の歳。晩唐では、僖宗《きそう》の乾符《けんぷ》六年（八七九）がこの干支《かんし》にあたる。この頃、唐末の戦乱がしきりに続いていた。 ○沢国 恵み豊かな自然を持った地域。川や湖沼の多い水郷地帯。 ○生民 民衆 ○何計 どんな方法があるだろうか、何もない。 ○樵蘇 きこりと、草刈り。日常の営みをいう。 ○憑君 あなたにお願いする。 ○封侯事 大名になること。 ○一将功成万骨枯 一人の将軍のてがらの影には、万を数える無数の兵士たちの無益な死があるのだ、という意。この句は後世よく使用された名句である。

［大 意］ 人民の苦しみを無視して戦功ばかりを追う将軍たちへの批判をうたうもの。

［現代語訳］
めぐみ豊かなこの地域の、山や川もとうとう戦場と化してしまった。
民たちは、薪を切り草を刈るといった日常の営みを楽しもうとするのに、今は何の手だてもないのだ。
お願いだ、てがらを立てて一国の主にとりたてられるといった話などしないでくれ、
一人の将軍のてがらのかげには、必ず無数の兵士たちの枯れ果てた骨があるのだから。

【詩形・押韻】

七言絶句。「図」「蘇」「枯」が韻をふむ（上平七の「虞」韻）。

【出典】『三体詩』巻一。

【作者】

曹松（八三〇?～九〇一）、字は夢徴《ぼうちょう》。舒州《じょしゅう》（安徽省）の人、一説に衡陽（湖南省）の人。賈島に詩を学び、はじめ洪州（江西省南昌市）の西山に住み、後には建州刺史李頻《りひん》を頼った。李頻の死後は貧窮に苦しみ、たびたび科挙に応じたが、及第しなかった。ようやく七十歳を過ぎて、特別に他の老人四名とともに進士及第の栄誉を与えられ、「五老榜《ごろうぼう》」と称された。そうして校書郎の官を得て没した。

【鑑賞】

詩題から、この詩の制作が乾符六年（八七九）であることがわかります。唐末には各地で大小無数の戦乱があり、とくに黄巣《こうそう》の反乱軍が各地を攻撃しました。この詩の制作の翌年には、都長安も陥落し、僖宗《きそう》は成都（四川省）に逃げたのでした。そのような乱世に、政府側の将軍たちも本質的には反乱軍の野心家たちと五十歩百歩であり、この機会に乗じて天下をねらおうとする者が多く、後に唐の王朝を倒した後梁の太祖（朱全忠）も、そういった軍閥の一人にほかなりませんでした。晩唐の政治情勢は、安禄山の乱の頃よりも悲惨でどうにもならないものであったのです。

後半の二句は、そういう野心だけの将軍たちへの直接的な批判の言辞です。作者の立場は、加害者のそれでなく、明確に被害者側に立つ批判で、伝統的な諷諌詩に連なる詩です。古来結句が人口に膾炙されているのも、いつの世にも被害を受ける民たちの気持ちを無視して戦争を起こそうとする者たちへの、痛烈な批判の言葉となってきたからです。

「多情」　韋《い》荘《そう》

一生風月供惆悵
到処煙花恨別離
止竟多情何処好
少年長抱少年悲

多情《たじょう》

一生《いっしょう》の風月《ふうげつ》　惆悵《ちゅうちょう》に供《きょう》す
到《いた》る処《ところ》　煙花《えんか》　別離《べつり》を恨《うら》む
止《た》だ竟《つい》に多情《たじょう》　何《いず》れの処《ところ》か好《よ》き
少年《しょうねん》　長《つね》に抱《いだ》く　少年《しょうねん》の悲《かな》しみ

［語釈］　○多情　情が多い。感じやすい心をいう。特に男女間のことについていう。○風月　もともとは、風と月の意。転じて、風流な遊びをいう。ここでは、男女間の愛情のことを暗にいう。○供　供給する。ここでは、…の種となるの意。○惆悵　深い嘆き。日本語の音でチュウチョウ（tyutyo）と子音をそろえる双声《そうせい》語である。○到処　あちこちと。○煙花　もともとは、花霞の意。ここでは、妓女たちの世界（花柳界）をいう。○恨別離　妓女たちとの別れを悲しむこと。○止竟　結局のところ。とどのつまり。○少年　若者。日本語の少年（未成年）よりも少し年長までを含めていい、むしろ青年の意に近い。○長「永」に同じ。

［大　意］　多情な一生の中で、やはり若い頃の日々がいつまでも強く印象に残るものだとうたう。

［現代語訳］

長い一生の風流の遊びは、往々にして深い嘆きの種となるものだ。

わたしもあちこちと遊女たちの世界で、別れを悲しんだものだった。

このような多情なわたしにとって、結局のところどこの思い出が一番よかったかと問われるならば、

（わたしは答えよう、）若者はいつまでも若い時代の悲しみを胸の中に抱き続けてゆくものなのだ、と。

［詩形・押韻］

七言絶句。「離」「悲」が韻を踏む（上平四の「支」韻）。起句の末尾「悵」は押韻していない。

［出典］『全唐詩』巻七百。

［作者］

韋荘（八三六〜九一〇）、字は端己《たんき》。杜陵（長安の郊外）の人。韋応物の四代目の子孫。科挙になかなか及第できず、五十九歳のときにようやく進士に及第し、校書郎に任じられた。当時四川省にいた王建が反乱を起こしたので、朝廷では宣撫（人心を安定させる）の使者を送り、韋荘はその一員として随行したが、そのまま王建に仕え、王建が後蜀王朝を樹立するのに協力して、その宰相になった。その詩風は白居易に似るところがある。

［鑑賞］

「多情」という語が詩語として現れたのは中唐の韓愈が最初だとされています。それまでは文学の関心は多情ということに向かわなかったのです。多情を否定的なものとみなし、人間感情において好ましくないもの、社会のエリートとしての士人（知識人）としては恥づべきものとして考えられていたに違いありません。それが中唐から晩唐にかけて詩語として多用され出した背景には、窮屈なモラルからの人間感情の解放があったのです。人間として社会的に健全であるだけが文学の条件ではない、多情はモラルとしては否定されるべきものであっても、文学の題材になりうるとする考え方が、晩唐の混乱期に出てきたのです。それはおそらく、隆盛を極めた唐王朝の崩壊という、価値あるものと信じ込んでいたものの瓦解の現実が大きく作用しているのです。したがって、「多情」が単純に多感な心というだけではなく女性への過度の傾きを意味したのも、男女間の細やかな愛情の機微に敏感な人間をこそむしろ歓迎する考え方の現れです。そういう人間こそが粋な人、風流な人だとみなされたのです。これは中国詩の伝統からいえば例外的な認識であり、むしろ平安貴族の望ましき人間像に近いものがあるのです。

この韋荘の「多情」という詩も、男女、といっても遊ぶ人と花柳界の女との関係ですが、その多情な生活を回想しているのです。そして年を重ねた今もなお、若い頃に恋した遊女との別れをロマンチックに謳歌する若さを、自らの内に確認しているような結びです。

唐代・唐詩人年表

西暦	六一八	六五〇	七〇〇	七一〇	七五〇
王朝	随	初唐		盛唐	
時代	大和時代			時　代	

中国

六一八	隋滅び、唐建国す。
六二六	太宗即位す。（貞観の治）
六四九	高宗即位す。
六六四	武后政権を握る。
六八四	武后、中宗を廃す。徐敬業ら兵をおこし、敗死す。
六九〇	武后、帝位に登り、周と国号を名づける。
七〇五	唐室再興す。
七一二	玄宗即位。（開元・天宝の盛世）
七四五	楊太真を貴妃とする。
七五二	楊国忠、宰相となる。
七五五	安史の乱、起こる。
七五六	安禄山、洛陽で大燕皇帝と称す。玄宗、蜀にのがれる。長安陥落。粛宗、霊武で即位。玄宗を上皇とする。

日本

六三〇	第一回遣唐使。
六四五	大化改新。
六五三	第二回遣唐使。
六五四	第三回遣唐使。
六五九	第四回遣唐使。
六六五	第五回遣唐使。
六六九	第六回遣唐使。
七〇二	第七回遣唐使。山上憶良ら入唐。
七一二	『古事記』成る。
七一六	第八回遣唐使。吉備真備、阿倍仲麿ら入唐。
七二〇	『日本書紀』成る。
七三三	第九回遣唐使。
七五一	『懐風藻』成る。
七五二	第十回遣唐使。
七五四	鑑真来朝す。

詩人生没年表

詩人	生	没
王績	585	644
駱賓王	640?	684
王勃	650	676
宋之問	656?	712
賀知章	659	744
陳子昂	661	702
張説	667	730
王翰	687	726?
孟浩然	689	740
王之渙	695	?
王昌齢	698	757?
王維	699	759
高適	702?	（次頁へ続く）
李白	701	（次頁へ続く）
常建	708?	?
杜甫	712	（次頁へ続く）
岑参	715	（次頁へ続く）
銭起	722	（次頁へ続く）
戴叔倫	732	（次頁へ続く）
耿湋	734	（次頁へ続く）
韋応物	736	（次頁へ続く）
李益	748	（次頁へ続く）

九〇七	九〇〇	八五〇	八三五	八〇〇	七六六

五代 ｜ 晩唐 ｜ 中唐

平安時代 ｜ 奈良

七五七 安禄山、殺され、官軍、長安を回復する。玄宗都に帰る。
七六二 玄宗、粛宗死す。代宗、即位。
七六三 安史の乱、終束する。
七六六～七七九 （大暦年間）
八〇五 順宗、即位するも、すぐに退位。王叔文らの改革、失敗。柳宗元・劉禹錫ら左遷される。
八一九 韓愈、論仏骨表を奉って左遷される。
八三〇 牛李の朋党激化する。
八七五 黄巣の乱、起こる。
八八四 黄巣殺され、乱平らぐ。
九〇七 朱全忠、帝位を奪い、唐滅ぶ。梁と称す（後梁）。以後、後唐、後晋、後漢、後周が起こる（五代）。

七六九 このころ『万葉集』成る。
七七七 第十一回遣唐使
七九四 平安京遷都。
八〇四 第十二回遣唐使。最澄、空海ら入唐。
八三八 第十三回遣唐使。円仁ら入唐。
八九四 遣唐使廃止。
九〇五 『古今集』成る。

人名	生年	没年
		827
張籍	768	830?
韓愈	768	824
白居易	772	846
劉禹錫	772	843
柳宗元	773	819
元稹	779	831
賈島	779	843
李賀	790	816
杜牧	803	853
于武陵	810	?
李商隠	812?	858
温庭筠	812?	872?
趙嘏	815	?
高駢	821	887
曹松	830?	901
鄭谷	842?	910?
韓偓	844	923
韋荘	836	910
		765
		762
		770
		770
		780
		789
		?
		?

著者略歴

大《おお》上《がみ》正《まさ》美《み》

1944年　鳥取県生まれ，神戸市出身
1972年　東京教育大学大学院文学研究科修士課程修了
現　在　青山学院大学文学部教授
　　　　博士（文学・京都大学）
主　著　『中国古典詩聚花 思索と詠懐』（小学館，1985年）
　　　　『阮籍・嵆康の文学』（創文社，2000年）
　　　　『言志と縁情』（創文社，2004年）
　　　　『六朝文学が要請する視座』（研文出版，2012年）

漢文ライブラリー
唐詩の抒情—絶句と律詩—　　定価はカバーに表示

2013年3月30日　初版第1刷

著　者　大　上　正　美
発行者　朝　倉　邦　造
発行所　株式会社　朝　倉　書　店
東京都新宿区新小川町6-29
郵便番号　162-8707
電　話　03(3260)0141
FAX　03(3260)0180
http://www.asakura.co.jp

〈検印省略〉

教文堂・渡辺製本

ISBN 978-4-254-51539-8　C 3381　　Printed in Japan